Allegria

Der Autor

Richard Bach, 1935 in Oak Park, Illinois, geboren, entdeckte seine Liebe zur Fliegerei bereits mit siebzehn Jahren. Mit achtzehn wurde er zum Jetpiloten ausgebildet. Er war Schauflieger und Fluglehrer und publizierte Hunderte von Aufsätzen über seinen mit Leidenschaft ausgeübten Beruf, bis er mit seinem ersten Buch, »Die Möwe Jonathan«, einen weltweiten Erfolg errang.

Richard Bach

Der Pilot

Die Weisheit wartet über den Wolken

Aus dem Amerikanischen übersetzt
von Thomas Görden

Ullstein

Besuchen Sie uns im Internet:
www.ullstein-taschenbuch.de

Allegria im Ullstein Taschenbuch

MIX
Papier aus verantwortungsvollen Quellen
FSC® C014496

Ullstein Taschenbuch ist ein Verlag
der Ullstein Buchverlage GmbH, Berlin.
Neuausgabe im Ullstein Taschenbuch
1. Auflage Juli 2013

Umschlaggestaltung und Illustration:
HildenDesign, München
Titelabbildungen – Wolken: shutterstock/androfroll,
Flugzeug: Getty Images/Stephen Alvarez
Illustrationen Innenteil: Fotolia: beatuerk/chru53/
focius finder/frogger/Gina Sanders/
Igor Tarasov/Lenny/Salvatore Di Montefiano/
Thaut Image/Travelfish
Satz: Keller & Keller GbR
Gesetzt aus der Baskerville
Druck und Bindearbeiten:
GGP Media GmbH, Pößneck
Printed in Germany
ISBN 978-3-548-74591-6

1

Jamie Forbes flog Flugzeuge. Das war es im Wesentlichen, was er getan hatte, seit er damals das College abgebrochen und den Flugschein gemacht hatte. Er liebte alles, was Flügel hatte.

Er flog Kampfflugzeuge in der Air Force, aber mit der Politik und den zusätzlichen Pflichten hatte er wenig am Hut, und es störte ihn, dass man bei der Air Force eigenartigerweise so wenig zum Fliegen kam. Also quittierte er den Dienst, sobald er sein Soll erfüllt hatte.

Die Fluggesellschaften nahmen ihn nicht. Er bewarb sich einmal, aber die Fragen beim Pilotenexamen zeigten ihm sofort, dass er dort fehl am Platz war.

»1. Wenn Sie wählen könnten, wären Sie lieber ein Baum oder ein Stein?

2. Welche Farbe ist besser – Rot oder Blau?«

Die beantwortete er gar nicht erst, weil sie nichts mit der Fliegerei zu tun hatten.

»3. Sind Details wichtig?«

»Natürlich sind sie nicht wichtig«, sagte er. »Wichtig ist, dass man heil wieder landet, und zwar jedes Mal. Ob man sich vorher die Schuhe poliert hat, ist doch egal.«

Falsche Antwort, fand er sogleich heraus, als der Prüfer ihm in die Augen schaute und sagte: »Uns ist es nicht egal.«

Aber es gibt in der Luftfahrt neben dem Fliegen von Kampfjets und großen Verkehrsflugzeugen noch viele andere Möglichkeiten.

Es gibt den Charterbetrieb, die Geschäftsreisefliegerei und Touristikflüge. Es gibt Agrarflug, Kunstflug und Pipeline-Überwachung und Luftbildfotografie, es gibt Überführungsflüge, Bannerschlepp, Segelflugzeugschlepp, Fallschirmspringer nach oben bringen, Verkehrsüberwachung, Polizeiflug, Testfliegerei, Frachttransport, auf Flugshows alte Doppeldecker vorführen. Und natürlich kann man jederzeit als Fluglehrer arbeiten, denn es gibt immer genug Leute, die in sich die gleiche Bestimmung fühlen wie man selbst … zu fliegen.

Während sein Leben verging, war er all diesen fliegerischen Tätigkeiten nachgegangen. Seit einigen Jahren schon arbeitete er als Fluglehrer und war ziemlich gut darin, gemäß dem alten Sprichwort, wonach man die besten Fluglehrer an der Farbe ihrer Haare erkennt.

Nicht, dass er schon zum alten Eisen zählte oder dass es für ihn nichts mehr zu lernen gab. Er hatte einfach nur eine Menge Flugerfahrung in die Jahrzehnte seit seinem ersten Alleinflug gepackt, immerhin zwölftausend Flugstunden – genug, um Bescheidenheit zu lernen.

Doch tief drinnen war er immer noch das Kind, das wild darauf war, alles zu fliegen, was ihm zwischen die Pfoten kam.

Das ist alles so, wie es sein sollte, und für niemanden von Interesse, wäre da nicht diese Sache im letzten September gewesen. Was damals geschah, wird manch einer belanglos finden. Für andere jedoch wird es das ganze Leben ändern, so wie bei mir. Und da Sie diese Seiten lesen, ist es gut möglich, dass das auf Sie auch zutrifft.

2

Damals hielt er es für Zufall. Jamie Forbes flog mit seiner Beech T-34 aus dem Staat Washington nach Florida, um in seinem Geschäft als Fluglehrer den Winter zum Sommer zu machen.

Zu diesem Zweck richtete er die Nase seines Flugzeugs nach Südosten für einen sechzehnstündigen Flug, unterteilt in Etappen von vier Stunden.

Die T-34, falls Sie damit nicht vertraut sind, ist das erste Flugzeug, das die amerikanische Luftwaffe vor vielen Jahren ihren Luftkadetten anvertraute: ein 225 PS starkes einmotoriges Propellerflugzeug in schimmerndem Aluminiumsilber, mit zwei im Tandem angeordneten Sitzen. Das Cockpit war wie bei einem Kampfflugzeug ausgelegt, sodass der Übergang den neuen Piloten leichtgemacht wurde.

Damals, bei der Air Force, während Jamie marschierte und studierte, Checklisten und Morsecodes und die Regeln der Aerodynamik auswendig lernte, hätte er sich nie träumen lassen, dass er später selbst so ein Flugzeug besitzen würde. Seines war erheblich besser ausstaffiert, wie Zivilisten es lieben, wenn sie eine gebrauchte Militärmaschine erwerben.

So hatte seine T-34 den stärkeren 300-PS-Motor von Continental und einen Dreiblattpropeller. Und die Navigationsinstrumente, mit denen das Cockpit bestückt war, hatte es noch gar nicht gegeben, als das Flugzeug hergestellt worden war. Es ist eine ausgezeichnet konstruierte kleine Maschine mit überaus angenehmen Flugeigenschaften.

Er flog allein. Nach dem Start in Seattle erreichte er am Morgen zunächst Twin Falls, Idaho. Mittags flog er von dort über Ogden und Rock Springs nach North Platte, Nebraska.

Es geschah eine Stunde nach dem Start in North Platte, zwanzig Minuten nördlich von Cheyenne.

»Ich glaube, er ist tot!«

Die Stimme einer Frau aus dem Funkgerät. »Hört mich jemand? *Ich glaube, mein Mann ist tot*!«

Sie sprach auf 122,8 Megahertz, der Unicom-Frequenz für kleine Flugplätze, ihre Stimme laut und deutlich – sie konnte nicht weit entfernt sein.

Niemand antwortete.

»Sie schaffen das, Mister Forbes.« Diese unvergessliche Stimme, ruhig und geduldig, mit dem Akzent des Südens.

»Mister Dexter?« Jamie sagte es laut, wie vom Donner gerührt. Sein Fluglehrer von vor vierzig Jahren, eine Stimme, die er niemals vergessen würde. Er warf einen Blick in den Spiegel, aber das hintere Cockpit war leer. Natürlich.

Da war kein Geräusch außer dem Motor, der vorn im Bug laut und gleichmäßig vor sich hin dröhnte.

»Kann mir niemand helfen? Er ist tot!«

Er drückte die Mikrofontaste.

»Vielleicht, Ma'am«, sagte Jamie Forbes. »Vielleicht aber auch nicht. Sie können das Flugzeug ohne ihn fliegen.«

»*Nein, ich habe das nie gelernt!* Juan ist zur Tür hinübergesackt. Er rührt sich nicht!«

»Dann sollten wir ihn besser nach unten bringen«, sagte er und wählte das »Wir«, weil er schon ahnte, was sie als Nächstes sagen würde.

»Ich kann kein Flugzeug fliegen!«

»Okay«, sagte er, »dann bringen wir beide ihn jetzt gemeinsam nach unten.«

Es war einer dieser extrem unwahrscheinlichen Fälle, in denen ein Passagier das Steuer übernehmen muss, weil der Pilot bewusstlos ist.

Zum Glück für alle Beteiligten war das Wetter gut.

»Wissen Sie, wie die Steuerung funktioniert, Ma'am?«, fragte er. »Wie Sie die Flügel waagrecht halten, indem Sie das Steuerhorn bewegen?«

»Ja.«

Das vereinfachte die Sache.

»Dann halten Sie jetzt erst mal nur die Flügel waagrecht.«

Er fragte sie, wann und wo sie gestartet und wohin sie unterwegs waren. Er drehte nach Osten bei, und eine Minute später kam tatsächlich unter ihm auf zehn Uhr eine Cessna 182 in Sicht, unmittelbar vor der linken Tragfläche der T-34.

»Fliegen Sie eine ganz leichte Rechtskurve«, sagte er. »Wir sind schon in Sichtweite.«

Wenn das Flugzeug nicht beidrehte, würde er sie überhaupt nicht sehen können, aber er spielte und gewann. Die Flügel neigten sich nach rechts.

Er ging auf ihre Höhe hinunter und flog in Formation im Abstand von fünfzehn Metern neben ihr her.

»Wenn Sie nach rechts schauen …«, sagte er.

Sie drehte den Kopf, und er winkte ihr zu.

»Jetzt wird alles gut«, sagte er. »Jetzt bringen wir Sie zum Flughafen, zu einer sicheren Landung.«

»*Ich weiß nicht, wie man fliegt*!« Während sie das sagte, neigte sich die Cessna noch stärker zur Seite.

Er nahm die gleiche Schräglage ein wie sie. Zwei Flugzeuge, die gemeinsam eine Kurve flogen. »Das ist überhaupt kein Problem, Ma'am«, sagte er. »Ich bin Fluglehrer.«

»Gott sei Dank«, sagte sie, wobei ihr Flugzeug sich noch stärker auf die Seite legte.

»Drehen Sie das Steuerhorn nach links«, sagte er. »Nicht zu sehr. Eine sanfte, feste Bewegung nach links. Damit bringen Sie die Maschine wieder in eine waagrechte Lage.«

Sie schaute nach vorn, drehte am Steuerhorn, und die Cessna nahm wieder eine horizontale Position ein.

»Sehr gut machen Sie das«, sagte er. »Und Sie sind wirklich noch nie geflogen?«

Nun klang ihre Stimme schon etwas ruhiger. »Ich habe Juan dabei beobachtet.«

»Dann sind Sie eine wirklich gute Beobachterin.« Er stellte fest, dass sie bereits wusste, wo sich der Gashebel und die Ruderpedale befanden. Er brachte sie dazu, eine Linkskurve zu fliegen, um sie auf einen sicheren Kurs zurück zum Flugplatz von Cheyenne zu bringen.

»Wie heißen Sie, Ma'am?«

»Ich habe Angst«, sagte sie. *»Ich kann das nicht!«*

»Soll das ein Witz sein? Sie fliegen dieses Flugzeug jetzt schon seit fünf Minuten, und das machen Sie wirklich ausgezeichnet. Entspannen Sie sich, tun Sie so, als wären Sie eine erfahrene Flugkapitänin.«

»Ich soll *was* tun?« Sie hörte es, konnte aber nicht glauben, was dieser Mann da über Funk sagte.

»Denken Sie an nichts anderes. Sie sind die Flugkapitänin, die erste Frau, die von dieser Fluglinie angeheuert wurde, und Sie haben jahrelange Erfahrung. Sie fühlen sich im Flugzeug wohl und entspannt. Wenn Sie fliegen, sind Sie glücklich. Bei so schönem Wetter eine kleine Cessna zu landen? Ein Kinderspiel!«

Dieser Mann muss verrückt sein, dachte sie, aber er ist Fluglehrer. »Ein Kinderspiel«, sagte sie.

»Genau. Was ist Ihr liebstes Kinderspiel?«

Sie schaute durch das rechte Fenster der Cessna zu ihm hinüber, ein fassungsloses Lächeln im Gesicht. Ein Teil ihrer Angst verflog und machte dem Gefühl Platz: Ich-werde-sterben, und der fragt mich nach *Kinderspielen*? Warum muss mein einziger Retter ausgerechnet ein *Irrer* sein?

»Blindekuh?«, sagte sie.

Er lächelte zurück. Gut. Sie weiß, dass ich verrückt bin. Jetzt ist sie für die Vernunft zuständig, und das heißt für sie: ruhig bleiben. »Fliegen ist das reinste Kinderspiel. Viel einfacher als Blindekuh, zumal die Sicht heute hervorragend ist.«

»Ich heiße Maria.« Als könnte diese Mitteilung ihn wieder zur Vernunft bringen.

Am Horizont tauchte der Flugplatz von Cheyenne auf, ein schmaler Streifen. Noch fünfzehn Meilen und etwa sieben Minuten Flugzeit. Statt eines kleinen Flugplatzes in der Nähe hatte er Cheyenne ausgewählt, weil es dort lange Pisten und einen Rettungswagen gab.

»Warum schieben Sie den Gashebel nicht herein, Maria? Sie werden dann hören, wie der Motor lauter wird. Das Flugzeug wird anfangen, sanft zu steigen. Schieben Sie den Gashebel ganz hinein, und wir üben das Steigen, jetzt gleich.«

Er wollte, dass sie das Steigen beherrschte, falls sie beim Landeanflug zu tief hereinkam. Sie sollte wissen, dass sie jederzeit Gas geben und dadurch wieder sichere Höhe gewinnen konnte.

»Das machen Sie prima, Kapitänin«, sagte er. »Sie sind ein Naturtalent.«

Dann ließ er sie das Gas wieder etwas herausnehmen, bis die Flugzeugnase ganz leicht unter den Horizont zeigte. Gemeinsam stiegen sie auf die Anflughöhe herunter.

Die Dame blickte zu ihm hinüber.

Zwei Maschinen, die einander im Flug fast berührten, doch sie musste ihr Flugzeug selbst fliegen. Das konnte er ihr nicht abnehmen. Alles, was er hatte, waren Worte.

»Jetzt sind Sie schon fast zu Hause«, sagte er zu ihr. »Maria, Sie fliegen wirklich toll. Drehen Sie jetzt etwas in meine Richtung, für etwa zehn Sekunden, und nehmen Sie die Flügel dann wieder waagrecht.«

Sie drückte auf die Mikrofontaste, sagte aber nichts. Das Flugzeug legte sich auf die rechte Seite.

»Sehr gut machen Sie das. Ich spreche jetzt auf einer anderen Frequenz mit dem Kontrollturm. Keine Sorge, auf dieser Frequenz höre ich Ihnen weiter zu. Sie können jederzeit mit mir reden, okay?«

Sie nickte.

Er stellte sein zweites Funkgerät auf die Frequenz von Cheyenne ein und rief den Tower. »Hallo, Cheyenne, hier Cessna 5407 Yankee.«

Die Nummer ihres Flugzeugs war seitlich auf dem Rumpf aufgemalt. Es war nicht nötig, ihnen seine eigene Nummer zu nennen.

»Zero Seven Yankee, ich höre.«

»Zero Seven Yankee, zwei Personen an Bord, im Landeanflug von Norden, noch acht Meilen.«

»Roger, Zero Seven Yankee. Melden Sie sich wieder, wenn Sie sich im Gegenanflug auf Piste Neun befinden.«

»Wird gemacht«, sagte er. »Und: Zero Seven Yankee ist eine Cessna 182. Pilot ist bewusstlos. Die Passagierin fliegt die Maschine. Ich fliege in Formation mit ihr, um zu helfen.«

Einen Moment herrschte Stille. »Wiederholen Sie, Zero Seven Yankee. Der Pilot ist was?«

»Pilot ist bewusstlos. Die Passagierin steuert die Maschine.«

»Roger. Dann gebe ich Ihnen alle Landebahnen frei. Wollen Sie einen Notruf absetzen?«

»Negativ. Wir nehmen Landebahn Neun. Sie fliegt wirklich gut, aber Sie sollten einen Krankenwagen für den Piloten bereitstellen, und einen Löschwagen. Die Fahrzeuge sollen sich hinter dem landenden Flugzeug halten, okay? Wir wollen schließlich nicht, dass sie unnötig durch Fahrzeuge abgelenkt wird, die neben ihr fahren, während sie aufsetzt.«

»Roger. Die Einsatzfahrzeuge bleiben hinter dem Flugzeug. Achtung: Alle Flugzeuge im Luftraum Cheyenne unverzüglich die Anflugzone verlassen. Wir haben einen Notfall.«

»Tower, sie ist auf Unicom, Frequenz zwei-zwei-acht. Ich spreche mit der Frau auf dieser Frequenz und höre gleichzeitig die Durchsagen auf der Tower-Frequenz mit.«

»Roger, Zero Seven Yankee. Viel Glück.«

»Danke, das brauchen wir nicht. Sie macht ihre Sache gut.«

Er schaltete seinen Sender wieder auf Unicom.

»Linker Hand sehen Sie jetzt den Flugplatz, Maria«, sagte er. »Wir fliegen jetzt eine große, sanfte Linkskurve, um die Landebahn anzusteuern. Das machen wir ganz langsam und in Ruhe. Es ist wirklich kinderleicht.«

In weiten, milden, langsamen Kurven führten die Worte des Fluglehrers Maria hinunter zur Landebahn.

»So, jetzt können Sie Gas wegnehmen, sodass die Nase sich etwas unter dem Horizont befindet, wie wir es vorhin geübt haben – ein schöner, sanfter Landeanflug. Das Flugzeug liebt es, so geflogen zu werden.«

Sie nickte. Wenn dieser Mann sich die Zeit nimmt, mir etwas von den Gefühlen der Flugzeuge zu erzählen, dann ist das, was wir hier machen, vermutlich gar nicht so gefährlich.

»Wenn uns dieser Anflug nicht gefällt«, sagte er, »steigen wir einfach wieder und üben den ganzen Tag Landeanflüge, wenn wir wollen. Aber dieser Anflug sieht sehr gut aus. Sie machen das toll.« Er fragte nicht, wie viel Benzin sie noch in den Tanks hatte.

Die beiden Flugzeuge schwenkten sanft in den Endanflug ein. Vor ihnen lag die Rollbahn, ein fast drei Kilometer langes, breites Betonband.

»Wir werden jetzt schön sanft aufsetzen, die Räder schön sauber links und rechts von der dicken weißen Linie in der Mitte der Rollbahn. Sieht gut aus, Kapitänin. Nun etwas Gas geben, den Hebel einen guten Zentimeter hineinschieben …«

Sie reagierte jetzt gut und ruhig.

»Genau, etwas Gas geben. Sie sind übrigens eine fantastische Pilotin. Sie haben ein gutes Gefühl für die Steuerung des Flugzeugs …«

Er entfernte sich etwas von ihrem rechten Flügel, während die Maschinen der Erde entgegensanken.

»Jetzt nur die Fahrt halten. Bleiben Sie genau über der Mittellinie … sehr gut machen Sie das. Ganz entspannt. Sie fliegen wirklich wie ein alter Hase. Jetzt das Gas wieder einen guten Zentimeter herausnehmen … Jetzt das Steuerhorn etwa zehn

Zentimeter ziehen. Das wird sich etwas schwer anfühlen, und genau so soll es sein. Sieht wunderschön aus. Das wird eine fantastische Landung.«

Die Haupträder schwebten noch einen guten Meter über der Piste … achtzig Zentimeter.

»Halten Sie die Nase jetzt schön oben und nehmen Sie das Gas ganz heraus. Sehr gut.«

Die Räder berührten die Rollbahn, für eine Sekunde kleine blaue Gummi-Rauchfahnen nach sich ziehend.

»Super aufgesetzt«, sagte er. »Perfekte Landung. Sie können das Steuerhorn jetzt loslassen. Am Boden brauchen Sie es nicht. Halten Sie das Flugzeug mit den Fußpedalen auf geradem Kurs und lassen Sie es einfach ausrollen. Der Krankenwagen ist gleich bei Ihnen.«

Er selbst schob den Gashebel wieder herein, und die T-34 überholte die ausrollende Cessna und stieg wieder himmelwärts.

»Prima Landung«, sagte er. »Sie sind eine ausgezeichnete Pilotin.«

Sie antwortete nicht.

Über die Schulter sah er, wie der Krankenwagen sich dem Flugzeug näherte. Als es zum Stehen kam, flogen die Türen des Krankenwagens auf. Das rote Löschfahrzeug näherte sich im Hintergrund, wurde aber glücklicherweise nicht gebraucht.

Da der Kontrollturm ohnehin vollauf beschäftigt war, sagte Jamie nichts mehr. Er nahm Kurs auf North Platte und war nach weniger als einer Minute außer Sichtweite.

3

Am nächsten Morgen steckte ein Zeitungsausschnitt am Schwarzen Brett auf dem Flugplatz North Platte Lee Bird: *Pilot erleidet Schlaganfall, seine Frau landet das Flugzeug.*

Jamie runzelte die Stirn, als er das las. Frau stand in diesem Fall für Nichtpilot. Es wird wohl noch einige Zeit dauern, bis die Leute begreifen, dass es dort draußen inzwischen jede Menge erstklassige Pilotinnen gibt, und täglich werden es mehr.

Nach dieser Schlagzeile gab der Reporter die Geschichte aber ziemlich korrekt wieder. Als ihr Mann während des Fluges das Bewusstsein verlor, glaubte Maria Ochoa, 63, er sei gestorben. Sie hatte Angst, rief über Funk um Hilfe, und so weiter.

Dann las Jamie: »Ich hätte mir niemals eine Landung zugetraut, aber der Mann in dem anderen Flugzeug sagte mir, dass ich es kann. Ich schwöre bei Gott, er hat mich hypnotisiert. Er sagte, dass ich so tun soll, als wäre ich Flugkapitänin. Dabei weiß ich gar nicht, wie man fliegt! Aber als ich aufwachte, war das Flugzeug sicher gelandet!«

Weiter hieß es in dem Zeitungsartikel, ihr Mann sei außer Lebensgefahr und habe gute Aussichten, wieder gesund zu werden.

Das Flugkapitän-Rollenspiel funktioniert bei Flugschülern sehr gut, dachte er, es hat sich wirklich bewährt.

Dann hielt er verwundert inne. Was hatte sie da gesagt?

Er hätte sie hypnotisiert? Während er zum Flugplatzcafé hinüberging, um zu frühstücken, dachte er über Hypnose nach, und dabei kam ihm ein Erlebnis in den Sinn. Obwohl es schon dreißig Jahre zurücklag, erinnerte er sich daran, als ob es erst gestern gewesen wäre.

4

Er hatte sich einen Sitzplatz ganz vorn in der ersten Reihe gesucht, in der Erwartung, dass der Große Blacksmyth ihn aufrufen würde, wenn er um Freiwillige aus dem Publikum bat.

Die Erwartung erfüllte sich, und es war ein lustiges Gefühl, kurz vor Ende der Show auf die Bühne zu spazieren, aber er bezweifelte, dass es Blacksmyth gelingen würde, ihn zu hypnotisieren. Zwei andere Kandidaten, ein Mann und eine Frau, wurden ebenfalls ausgewählt und nach oben gebeten.

Blacksmyth, der Hypnotiseur, vornehm gekleidet mit weißer Krawatte und Smoking, aber mit angenehmer Stimme und freundlichen Manieren, forderte die drei auf, sich in einer Reihe aufzustellen und ins Publikum zu schauen. Jamie Forbes stand am Ende der Reihe, zur Bühnenmitte hin.

Der Hypnotiseur stellte sich hinter die Freiwilligen, berührte die Frau an der Schulter und drückte sanft, bis sie aus dem Gleichgewicht geriet. Sie machte einen Schritt zurück, um es wiederzugewinnen.

Bei dem Mann neben ihr tat Blacksmyth das Gleiche, und auch dieser Kandidat machte einen Schritt rückwärts.

Forbes beschloss, anders zu reagieren. Als die Hand des Hypnotiseurs seine Schulter berührte, gab er dem Druck nach und vertraute darauf, dass der Mann ihn wohl kaum vornüber auf den Bühnenboden fallen lassen würde, denn das hätte ihm gewiss die Show verdorben.

Blacksmyth fing ihn auch sofort auf, dankte den anderen Freiwilligen und entließ sie mit einem kräftigen Applaus.

Nun ging Forbes das Ganze zu weit. »Tut mir leid«, flüsterte er, während der Beifall verhallte, »man kann mich nicht hypnotisieren.«

»Oh«, entgegnete der Hypnotiseur leise, »was tun Sie dann auf diesem Planeten?«

Blacksmyth hielt inne, sagte nichts und lächelte Jamie Forbes an. Leises Lachen und Getuschel im Publikum – was würde nun mit diesem armen Versuchskaninchen geschehen?

Im Moment verspürte das Versuchskaninchen Mitleid mit dem Entertainer, spielte mit dem Gedanken, einfach die Bühne zu verlassen, entschied dann aber, dass er ebenso gut das Spiel mitspielen konnte. Er hatte Blacksmyth gewarnt, aber es gab keinen Grund, den Hypnotiseur vor tausend zahlenden Gästen zu blamieren.

»Wie heißen Sie, Sir?«, fragte Blacksmyth laut genug, dass es alle hören konnten.

»Jamie.«

»Jamie, sind wir uns schon einmal begegnet?«, fragte er. »Haben wir uns vor diesem Abend schon einmal gesehen?«

»Nein, Sir, haben wir nicht.«

»Das stimmt.«

Dann sagte Blacksmyth: »Jamie, lassen Sie uns in Gedanken einen kleinen Spaziergang machen. Vor uns sehen Sie sieben Stufen, und wir gehen jetzt zusammen diese Stufen hinunter. Zusammen gehen wir die Stufen hinunter; hinunter, immer weiter hinunter …«

Zuerst bemerkte Jamie Forbes die Stufen nicht. Als er sie dann doch sah, dachte er, dass sie aus Plastik oder Balsaholz bestehen mussten, so angemalt, dass sie aussahen, als wären sie aus Stein. Stufe für Stufe ging er mit dem Hypnotiseur diese Treppe hinunter. Er fragte sich, wie das Publikum das Geschehen verfolgen sollte, wenn die Versuchsperson praktisch völlig unter der Bühne verschwand, sagte sich dann aber, dass das Blacksmyth' Problem war. Sicher gab es da irgendeinen Spiegeltrick.

Am Fuß der Treppe befand sich eine massive Holztür. Blacksmyth forderte ihn auf, durch die Tür zu gehen, und schloss sie hinter ihm. Forbes konnte seine Stimme durch die Wände deutlich hören. Der Hypnotiseur beschrieb dem Publikum, was Forbes sah: einen leeren Raum mit gemauerten Wänden, ohne Fenster und ohne Türen, aber dennoch hell erleuchtet.

Der Raum war nicht rechteckig, sondern rund. Als Forbes sich umdrehte, um zu sehen, wo er hereingekommen war, sah er keine Tür mehr. Wahrscheinlich war sie getarnt, sodass man sie im Mauerwerk nicht erkannte.

Natürlich wirkt das Ganze nur wie Stein, sagte er sich. Es sieht aus wie die Granitmauer einer mittelalterlichen Burg, ist aber in Wahrheit nur bemalter Stoff.

»Schauen Sie sich um, Jamie«, hörte er Blacksmyth draußen sagen, »und beschreiben Sie uns, was Sie sehen.«

Er zog es vor, nicht zu sagen, was er wusste: dass es sich um Stoff handeln musste. »Es sieht wie ein aus Steinen gemauerter Raum aus«, sagte er, »in einer Burg. Keine Fenster. Keine Türen.«

»Sind Sie sicher, dass es Steine sind?«, fragte der Hypnotiseur.

Übertreibe es nicht, dachte Forbes. Glaube nicht, dass ich für dich lügen werde. »Sieht wie Stein aus. Ich bin mir nicht sicher.«

»Finden Sie es heraus.«

Es ist ihr Ruf, Mister Blacksmyth, dachte er. Er ging zu der Wand und berührte sie. Sie fühlte sich rau und hart an. Er drückte sanft dagegen. »Es fühlt sich wie Stein an.«

»Ich möchte, dass Sie sich ganz sicher sind, Jamie. Legen Sie die Hände gegen die Mauersteine und drücken Sie so fest Sie können. Je fester Sie dagegen drücken, desto härter wird die Mauer.«

Was für eine merkwürdige Aussage. So fest ich kann ist ziemlich fest, dachte er. Die Holzbausteine werden über die ganze Bühne fliegen. Erst drückte er sanft, dann fester und noch fester. Na gut, die Wand war hart. Vermutlich ist das hier eher eine Magiershow, dachte er, als Hypnosekunst. Wie hat Blacksmyth es geschafft, unter der Bühne einen aus Steinen gemauerten Raum aufzubauen, und wie nimmt er diesen Raum von einem Auftrittsort zum nächsten mit?

Er suchte nach der getarnten Tür, aber überall waren nur Mauersteine. Er drückte gegen die Wand, trat an einigen Stellen dagegen und ging in diesem Raum herum, der nur etwa drei Meter Durchmesser hatte. Er stemmte sich gegen den Granit, trat fest genug dagegen, dass er das Material eingedellt hätte, wäre es Balsaholz oder Plastik gewesen.

Es war erschreckend, aber nicht zu sehr, denn er war sich sicher, dass Blacksmyth ihn früher oder später würde befreien müssen.

»Jamie, es gibt einen Weg hinaus«, sagte der Entertainer. »Erkennen Sie diesen Weg?«

Ich könnte über die Mauer klettern, dachte er, wenn die Zwischenräume zwischen den Steinen größer wären. Er schaute nach oben und sah, dass die Decke aus den gleichen Steinen bestand, aus soliden Blöcken. An der Wand gab es eine rußgeschwärzte Stelle, als wäre dort einmal eine Fackel befestigt gewesen. Doch die Fackel und ihre Halterung waren nicht mehr da.

»Ich kann nicht darüber hinwegklettern«, sagte er.

»Sie behaupten also, Sie könnten nicht über die Wand klettern«, sagte Blacksmyth laut und theatralisch. »Jamie, haben Sie es denn versucht?«

Er verstand das als Hinweis auf verborgene Haltegriffe.

Fehlanzeige. Er versuchte, seinen Fuß auf die Kante der untersten Steinreihe zu stellen, aber sein Schuh rutschte sofort ab.

»Man kann nicht an ihr hochklettern«, sagte er.

»Können Sie sich denn *unter* der Wand durchgraben, Jamie?«

Das schien ihm ein verrückter Gedanke zu sein, da der Boden aus dem gleichen Material bestand wie die Wände und die Decke. Er kniete sich hin und kratzte an der Oberfläche, aber der Granit des Bodens war so hart und unnachgiebig wie der übrige Raum.

»Was ist mit der Tür? Versuchen Sie es mit der Tür.«

»Da ist keine Tür«, erwiderte Forbes und kam sich ziemlich dumm vor. Die Tür konnte sich doch nicht einfach in Luft aufgelöst haben! Er sagte sich, dass das Teil des Tricks sein musste. Aber es war eine Tatsache, dass die Tür nicht mehr existierte.

Forbes ging zu der Stelle zurück, wo er den Raum betreten hatte, und warf sich mit der Schulter gegen etwas, was wie Mauerstein aussah, aber höchstwahrscheinlich nur mit Gips verkleidetes Sperrholz war. Seine Schulter prallte schmerzhaft gegen die Wand, ohne etwas auszurichten. Wie konnte es sein, dass dieser Ort ringsum zugemauert war?

»Es gibt einen Weg hinaus«, sagte Blacksmyth wieder. »Erkennen Sie diesen Weg?«

Jamie Forbes war nun erschöpft und frustriert. Was immer hier vor sich ging, dieser Trick fing an, ihm auf die Nerven zu gehen. Keine Türen, keine Fenster, keine Schlüssel, keine Stricke, Drähte oder Seilzüge, keine Hilfsmittel, und auch keine bekannte Kombination von Steinen, die in einer bestimmten Reihenfolge gedrückt werden musste, damit der verborgene Ausgang sich öffnete. Falls es einen Weg hinaus gab, ein geheimes Passwort, das gerufen werden musste, hatte er nicht die leiseste Ahnung.

»Geben Sie auf?«

Statt zu antworten, nahm Forbes von der einen Seite des Raumes Anlauf und sprang mit einem festen Tritt gegen die Wand. Natürlich landete er auf dem Boden, ohne dass die Steine auch nur einen Millimeter nachgegeben hätten.

»Ja«, sagte er, während er wieder vom Boden aufstand. »Ich gebe auf.«

»Hier ist die Lösung«, hörte er von draußen Blacksmyth' Stimme mit dramatischem Unterton. »Jamie, *gehen Sie durch die Wand!«*

Der Kerl ist wohl verrückt, dachte Forbes, hat mitten in seiner Show den Verstand verloren.

»Das kann ich nicht«, entgegnete er etwas trotzig. »Ich kann nicht durch Wände gehen.«

»Jamie, ich werde Ihnen jetzt die Wahrheit sagen. Diese Wände existieren nur in Ihrem Bewusstsein, und Sie können durch sie hindurchgehen, wenn Sie daran glauben, dass Sie es können.«

Forbes streckte den Arm aus und presste die Hand gegen den Stein. »Klar doch«, sagte er. »Nichts leichter als das.«

»Okay, Jamie. Ich schenke Ihnen jetzt reinen Wein ein. Ich verrate Ihnen den ganzen Trick. Zwar erinnern Sie sich nicht daran, aber ich habe Sie hypnotisiert. Um Sie herum gibt es keine Wände. Sie stehen auf einer Bühne im Lafayette Hotel in Long Beach, Kalifornien. Und Sie sind der einzige Mensch hier im Saal, der glaubt, Sie wären von Mauern umgeben.«

Die Steine flimmerten nicht. »Warum machen Sie das mit mir?«, fragte Forbes. »Sie finden das wohl sehr komisch.«

»Ja, Jamie«, sagte Blacksmyth sanft. »Es ist komisch, und wir alle sind zu unserem Vergnügen hier. Sie haben sich freiwillig gemeldet und Sie werden Ihr ganzes Leben lang nicht vergessen, was hier heute passiert.«

»Bitte, helfen Sie mir«, sagte Forbes ohne eine Spur von Stolz oder Wut.

»Ich werde Ihnen helfen, sich selbst zu helfen«, sagte Blacksmyth. »Wir sollten uns niemals zum Gefangenen unserer eigenen Glaubensvorstellungen machen.

Ich zähle jetzt bis drei und dann werde ich durch diese Steinmauer kommen. Ich nehme Sie bei der Hand, und wir gehen zusammen durch die Wand auf die andere Seite. Und dann sind Sie frei.«

Was sollte man dazu sagen? Forbes zog es vor zu schweigen.

»Eins«, hörte er draußen den Hypnotiseur sagen, »zwei ...« Lange Pause. »Drei.«

Und dann geschah genau das, was Blacksmyth angekündigt hatte. Für einen Moment bildete sich in dem Mauerwerk eine flimmernde durchlässige Stelle, als sei es trockenes Wasser, und im nächsten Augenblick marschierte Blacksmyth in seinem makellosen Smoking durch die Wand in das Gefängnis und hielt Forbes die Hand hin.

Von Erleichterung überwältigt, nahm er die Hand des Hypnotiseurs. »Ich hätte nicht gedacht ...«

Blacksmyth verlangsamte weder seine Bewegungen noch antwortete er. Stattdessen marschierte er auf die gegenüberliegende Wand zu und zog seine Versuchsperson hinter sich her.

Vermutlich hörte es sich wie ein panischer Schrei an, auch wenn er das gar nicht beabsichtigte. Jamie Forbes stieß einfach einen Ruf ängstlicher, absoluter Verblüffung aus.

Blacksmyth' Körper verschwand in der Wand. Für einen Moment klammerte sich Forbes an einem körperlosen Arm fest, dessen Hand sich weiter vorwärts bewegte und ihn geradewegs in die Wand hineinzog. Der nächste Laut, den er ausstieß, wurde sicher von der Wand verschluckt, und Sekundenbruchteile später hörte er etwas, was wie ein Fingerschnippen klang. Plötzlich befand er sich wieder auf der Bühne. Mister Blacksmyth hielt seine Hand, und Forbes blinzelte ins Scheinwerferlicht, gebadet in einer Woge aus fasziniertem Applaus.

Der hintere Teil des Saals war in Dunkelheit gehüllt, aber Forbes konnte sehen, wie die Zuschauer in den ersten Reihen sich erhoben und dem Hypnotiseur stehend applaudierten, und er hatte das Gefühl, dass der Beifall auf seltsame Weise auch ihm selbst galt.

Diese Nummer war Blacksmyth' Finale gewesen. Er ließ Forbes von Beifall umbrandet auf der Bühne stehen und verschwand im Hintergrund, um dann noch zweimal die Bühne zu betreten, bis der Beifall in vielstimmiges Geflüster überging, das Licht im Zuschauerraum eingeschaltet wurde und die Leute ihre Programmhefte, Jacken und Handtaschen nahmen und zum Ausgang strebten.

Jamie Forbes verließ mit unsicheren Schritten die Bühne. Unten im Saal lächelten ihm einige Zuschauer zu und dankten ihm für seinen Mut, sich als Freiwilliger zur Verfügung zu stellen. »War es real? Hat es sich für Sie real angefühlt? Die Steinmauern und das alles?«

»Natürlich war es real!«

Sie lachten, dann, erstaunt lächelnd, erklärten sie ihm: »Sie standen in der Mitte der Bühne. Auf der leeren Bühne! Blacksmyth stand links von Ihnen und redete mit Ihnen. Und das alles schien für Sie völlig real zu sein! Der Sprung und der Tritt, wirklich verblüffend! Sie haben es wirklich geglaubt, stimmt's?«

Mehr als geglaubt. Er hatte es gewusst. Auf dem Rückweg zu seinem Apartment ließ Forbes das Erlebnis immer wieder vor seinem inneren Auge ablaufen.

Felsenharter Stein, so hart wie aller Stahl, den er je angefasst hatte. Geglaubt? Er wäre in diesem Raum verhungert, gefangen von … ja, wovon? Mehr als nur Glaube. Von einer absoluten, zweifelsfreien Überzeugung.

Und das ausgelöst von einer Suggestion, die kaum der Rede wert war: »Lassen Sie uns in Gedanken einen kleinen Spaziergang machen …«

Wie konnte ich nur glauben, man könne mich nicht hypnotisieren, dachte er. Mit ein paar glatten Worten hat Blacksmyth mich überzeugt, ich sei in einem Gefängnis. Wie ist so etwas möglich?

Jahre später fand Jamie Forbes heraus, dass er dort nicht gestorben wäre, wenn man ihn alleingelassen hätte. Er wäre irgendwann eingeschlafen und beim Aufwachen wieder völlig von der Gefängnisvorstellung befreit gewesen, die ihm ein paar Stunden zuvor noch so real erschienen war.

5

Das Plakat neben dem Eingang hing am nächsten Tag noch genauso da:

DER GROSSE
BLACKSMYTH!

Erstaunliche Geisteskräfte!

HEUTE ABEND LIVE!

An diesem Abend trat Blacksmyth zum letzten Mal im Lafayette Hotel auf, ehe er in eine andere Stadt weiterreiste. Jamie Forbes suchte sich einen Platz in einer der hinteren Reihen, in der Mitte, dreißig Meter von der Bühne entfernt. Heute werden wir nicht Versuchskaninchen spielen, dachte er. Heute werden wir beobachten. Was hat dieser Mann mit mir angestellt? Wie hat er es gemacht?

Jede Nummer war natürlich sehr unterhaltsam, aber Forbes ließ sich davon nicht ablenken und beobachtete genau, was geschah: ein paar ruhige Worte, und die erste Freiwillige fiel in Trance.

Nach einem einzigen Blick auf ein durchgemischtes Kartendeck konnte sie sich an die Reihenfolge von zweiundfünfzig Spielkarten erinnern, fehlerfrei.

»Ihr Arm ist so steif und fest wie eine Eisenstange«, befahl der Hypnotiseur einem relativ kleinen Freiwilligen, und kein Mann aus dem Publikum war in der Lage, den Arm herunterzudrücken.

»Du kannst den Geist von Mrs Dora Chapmans verstorbenem Mann deutlich sehen«, suggerierte er einem weiblichen Teenager. »Er steht jetzt vor dir. Kannst du uns Mister Chapman beschreiben?«

»Ja, Sir«, sagte sie ungerührt. »Er ist groß, schlank, braune Augen, schwarze, glatt zurückgekämmte Haare, ein kleiner Schnurrbart. Er lächelt, als wäre er sehr, sehr glücklich. Er trägt formell aussehende Reitkleidung mit schwarzer Fliege und wirkt … ziemlich schneidig, würde ich sagen.«

Nachdem sie mit ihrer Beschreibung fertig war, wurde auf einer Leinwand sein Foto eingeblendet, damit das Publikum ihn sehen konnte. Er trug andere Kleidung, aber ansonsten stimmte die Beschreibung. Er trug einen Arm in der Schlinge. Offenbar hatte er ihn sich, kurz bevor diese Aufnahme entstanden war, verstaucht oder gebrochen. Aber er war es ohne Zweifel. Irgendwie sah das Mädchen ihn, oder es spielte den Zuschauern etwas vor und das Ganze war Betrug, was Jamie Forbes aber bezweifelte.

»Er liebte das Reiten und sein Pferd«, flüsterte die Witwe Blacksmyth zu. Und als er sie bat, dies für das Publikum zu wiederholen, sagte sie es ins Mikrofon.

So ging es immer weiter. Blacksmyth erfüllte sein Versprechen, seinem Publikum zu demonstrieren, über welche erstaunlichen Geisteskräfte Versuchspersonen verfügten, die so normal und durchschnittlich waren wie am Abend zuvor Jamie Forbes.

Er fragte sich, ob das Publikum an diesem letzten Abend größtenteils aus den Freiwilligen der früheren Shows bestand, die verstehen wollten, was mit ihnen während dieser Woche passiert war.

Das war alles, was er tun konnte, um zu verhindern, dass er seine eigene Trance noch einmal durchlebte, wenn die Schlussnummer der Show kam. Und da waren schon die drei Versuchspersonen auf der Bühne. Die erste machte einen Schritt zurück, als der Hypnotiseur sanft gegen ihre Schulter drückte, die zweite begann zu fallen und wurde sofort aufgefangen, die dritte widerstand der Berührung. Die Kandidaten eins und drei wurden mit Dankeschön und Applaus von der Bühne entlassen. Höflichkeit schien dem Hypnotiseur wichtig zu sein, um die Wirkung seiner Show zu unterstützen.

Forbes mühte sich, die Worte zu verstehen, die Blacksmyth leise zu der Freiwilligen sagte. Er versuchte, sie ihm von den Lippen abzulesen. Alles, was er verstand, war das Wort »Reise«. Der Hypnotiseur hatte also etwas anderes zu ihr gesagt als am Abend davor zu Jamie, und er nahm sich bei ihr etwas mehr Zeit.

»Und wie heißen Sie, Ma'am?«, fragte er laut, sodass alle es hören konnten.

»Lonnie«, antwortete sie mit fester Stimme.

»Das stimmt!«, sagte er. Er wartete, bis das Gelächter verstummte, dann hob er die Stimme und fuhr fort: »Also, Lonnie, sind Sie und ich uns vor diesem Abend je begegnet?«

»Nein.«

»Das stimmt«, sagte er. »Lonnie, würden Sie mir nun bitte folgen …«

Jamie Forbes entdeckte bislang nichts, was auf Hypnose hindeutete oder darauf, dass sie sich bereits in Trance befand. Da waren einfach nur zwei Menschen, die zusammen langsam über die Bühne gingen. Es wirkte völlig alltäglich.

Sie gingen vom Rand der Bühne in die Mitte. Sie ging drei Schritte allein weiter, schien nicht zu bemerken, dass Blacksmyth zurückblieb. Dann hielt sie an und schaute sich um.

Forbes' Hände wurden kalt. Er wusste, was sie nun sah: Wände, Stein, die Gefängniszelle. Aber da war absolut nichts um sie herum. Nichts. Luft. Eine leere Bühne. Das Publikum. Kein Vorhang, keine Spiegel, keine Beleuchtungstricks.

Und doch verdunkelte sich ihr Gesicht, so wie es bei ihm auch gewesen sein musste. Wohin war die Tür verschwunden? Wo war Blacksmyth?

Forbes hatte sich nicht über das Licht gewundert. Wo kam es her, in diesem vollkommen zugemauerten Gefängnis? Und auch sie kam nicht auf den Gedanken, sich darüber zu wundern. Er fragte sich, ob sie sogar die wie vom Ruß einer Fackel geschwärzte Stelle an der Wand sah.

Er beobachtete, wie die Frau die Hand nach der unsichtbaren Wand ausstreckte, sie berührte. Dagegen drückte, ein Stück nach links ging, wieder gegen die Wand drückte.

Vielleicht sahen die Steine in ihrer Vorstellung anders aus, aber sie hatte sich eine genau so harte, feste Wand erschaffen.

»Hallo ...«, sagte sie. »Hört mich jemand?«

Die Zuschauer kicherten. Natürlich hören wir dich! Wir sitzen ja direkt vor dir!

Jamie Forbes lächelte nicht. An dieser Stelle hatte er etwas Angst bekommen.

Angst wovor? Warum hatte er sich gefürchtet?

Weil er gefangen gewesen war. In Stein eingemauert. Keine Türen, keine Fenster, Mauern ringsum, sogar die Decke zugemauert ... wie eine Fliege in der Teetasse, ohne Ausweg.

Und das alles hatte nur in seiner Einbildung existiert. Blacksmyth hatte ihn aufgefordert, die Stufen hinunterzugehen, dann noch etwas geflüstert. Am Fuß der Treppe befand sich die Tür. Für diese Frau war das alles offensichtlich genauso real wie für ihn gestern. Heute Abend sah er das alles mit anderen Augen – die Bühne, eine leere Bühne mit dieser armen Frau, die sich durch ihr eigenes Denken eingemauert hatte.

Das Publikum lächelte fasziniert, während Forbes den Drang unterdrückte, aufzuspringen und hinab auf die Bühne zu stürmen, um sie zu retten ...

Wovor, Jamie, dachte er, sie wovor retten? Wie konnte man einen Menschen enthypnotisieren, der felsenfest davon überzeugt war, dass massive, für alle anderen unsichtbare Wände ihn einschlossen, ohne Nahrung, Wasser und frische Luft?

Wer hätte zu Jamie durchdringen und ihn überzeugen können, dass die Mauern nur in seiner Fantasie existierten?

Ich hätte meine Retter gar nicht gesehen, dachte er. Oder erst, wenn sie nah genug gewesen wären.

Nah genug – und dann? Wenn ich sehe, wie jemand vor meinen Augen durch eine feste Steinmauer spaziert, würde ich ihm dann ohne Weiteres Glauben schenken? Wenn er zu mir sagt, du bildest dir das alles nur ein, und ich sage, oh, danke, dass du mich darauf hinweist, würden meine Mauern dann einfach so verschwinden?

»Hallo?«, sagte Lonnie. »Mister Blacksmyth? Wieso haben Sie mich hier zurückgelassen? Mister Blacksmyth, hören Sie mich? Mister Blacksmyth!«

Forbes beobachtete den Hypnotiseur. Wie konnte der Mann ihre Schreie aushalten? Denn in einer Minute würde sie mit Sicherheit schreien.

Lonnie warf sich gegen die von ihrem Geist erschaffene Steinmauer und hämmerte so fest dagegen, dass ihre Knöchel sicher bald zu bluten anfangen würden.

Genug, Blacksmyth, dachte er. Das reicht jetzt.

Ein Raunen durchlief das Publikum. Jetzt lächelten die Leute nicht mehr, sondern fingen an, sich unbehaglich zu fühlen.

Es war perfektes Timing, als der Hypnotiseur nun zu seiner Versuchsperson ging und vielleicht eineinhalb Meter vor ihr stehen blieb. Alle Augen im Saal waren auf ihn gerichtet.

»Lonnie, es gibt einen Weg hinaus«, sagte er. »Erkennen Sie diesen Weg?«

Sie hatte jetzt einen gequälten Ausdruck im Gesicht. »Nein«, sagte sie ohne Hoffnung.

Um Himmels willen, Lonnie, dachte Jamie Forbes, geh zu dem Kerl und ohrfeige ihn!

Erst Jahre später fand Jamie heraus, dass Blacksmyth für sie das war, was Hypnotiseure eine negative Halluzination nannten – sie konnte ihn nicht sehen, da er durch die positive Halluzination der Steinwand, die sie unmittelbar vor sich wahrnahm, blockiert war.

In diesem Moment dachte Jamie Forbes, nichts auf der Welt, außer einem Fingerschnippen des Hypnotiseurs, könne sie jetzt aufwecken, ganz gleich ob sie hungerte oder verdurstete. Das stimmte zwar nicht, aber damals, als er der Show zusah, glaubte er es.

»Haben Sie wirklich«, sagte Blacksmyth, »jede Möglichkeit ausprobiert?«

Sie nickte mit gesenktem Kopf. Mit beiden Händen stemmte sie sich gegen die Mauern ihrer Einbildungskraft.

»Geben Sie auf?«

Sie nickte, bemitleidenswert, erschöpft.

»Hier ist die Lösung«, sagte Blacksmyth. »Lonnie, *gehen Sie durch die Wand*!«

Doch das tat sie nicht. Sie drückte nur mit aller Kraft gegen die Wand, in einer unnatürlich verkrümmten Haltung stemmte sie sich gegen die leere Luft.

Wie sollte sie mit dem Körper durch etwas hindurchgehen, was ihre Hände nicht zu durchdringen vermochten?

»Lonnie, ich werde Ihnen jetzt die Wahrheit sagen. Diese Wände existieren nur in Ihrem Bewusstsein. Sie können durch sie hindurchgehen, wenn Sie glauben, dass Sie es können.«

Wie oft hatte Blacksmyth diese Worte schon gesprochen? Was löst es in dir aus, wenn du einem Menschen die Wahrheit sagst, der unfähig ist, sie zu glauben?

»Ich schenke Ihnen jetzt reinen Wein ein, Lonnie.« Er drehte sich um und wandte sich mit dramatischer Geste ans Publikum. »Ich verrate Ihnen den ganzen Trick. Ich habe Sie hypnotisiert. Um Sie herum gibt es keine Wände. Sie stehen auf einer Bühne im Lafayette Hotel in Long Beach, Kalifornien. Und Sie sind der einzige Mensch hier im Saal, der glaubt, Sie wären von Mauern umgeben.«

»Bitte, tun Sie mir nichts«, sagte sie.

»Das verspreche ich. Ich werde Ihnen helfen, sich selbst zu helfen«, sagte er.

»Wir sollten uns niemals zum Gefangenen unserer eigenen Glaubensvorstellungen machen. Wir können uns daran erinnern, wer wir sind. Ich zähle jetzt bis drei, und dann werde ich durch diese Steinmauer kommen. Ich nehme Sie bei der Hand, und wir gehen zusammen durch die Wand auf die andere Seite. Und dann sind Sie frei.«

Lonnie lachte ein keuchendes, hoffnungsloses Lachen. *Bitte, lassen Sie mich einfach hier heraus!*

»Eins«, sagte Blacksmyth, »zwei.«

»Drei.«

Der Hypnotiseur tat, was jeder aus dem Publikum ebenso leicht hätte tun können. Er ging vier Schritte auf sie zu und stellte sich neben sie.

Bei seinem Anblick stieß Lonnie einen Schrei aus, der einem das Blut in den Adern gefrieren ließ.

Blacksmyth hielt ihr die Hand hin, aber sie schlang die Arme um ihn, klammerte sich an ihren Retter.

Jetzt«, sagte er und umfasste ihr Handgelenk, »werden wir zusammen durch ...«

»NEIN!«, schrie sie. »NEIN! NEIN!«

»Wir nehmen die Tür«, sagte er gelassen und ruhig.

Forbes wusste sofort, dass das schon öfter vorgekommen sein musste. Lonnie war so fertig mit den Nerven, dass der Hypnotiseur zu Plan B übergegangen war: ihr die Tür suggerieren.

Forbes fragte sich, wie wohl Plan C aussah. Vermutlich ein Fingerschnippen, das sie augenblicklich in die Welt der Bühne und der Zuschauer zurückgeholt hätte ...

Sie machte sich los, mit verzweifelter Erleichterung, nahm den unsichtbaren Griff einer unsichtbaren Tür, rannte ein paar Schritte, blieb stehen, schwer atmend, und drehte sich zu dem Hypnotiseur um. Er streckte ihr wieder die Hand entgegen, und diesmal ergriff die Frau sie. Er hielt seine andere Hand vor sein Gesicht, lächelte sie an und schnippte mit den Fingern.

Es war, als hätte er sie geohrfeigt. Sie zuckte zurück, die Augen weit aufgerissen.

Im nächsten Moment brandete Applaus durch den Saal wie eine Schockwelle und zerriss die unerträgliche Spannung. Manche Zuschauer waren aufgesprungen, gebannt von dem, was sich da vor ihren Augen abgespielt hatte.

Blacksmyth verneigte sich, und da er ihre Hand hielt, verneigte sie sich ebenfalls, verwirrt dreinblickend.

Staunende Beifallsrufe hallten durch den Saal. Inmitten dieser Begeisterung wischte sich Lonnie rasch ihre Tränen weg, und sogar aus Reihe S konnte Jamie Forbes ihre Seelenqual erkennen: *Was hast du mit mir gemacht?*

Blacksmyth sagte ein paar Worte zu ihr, die nur sie hören konnte, wandte sich zum Publikum und seine Lippen formten ein Danke. Sein Gesichtsausdruck schien zu sagen: *Unterschätzt nicht die Macht eures eigenen Glaubens!*

✈

Jamie Forbes grübelte noch tagelang über diese seltsame Darbietung nach, ohne eine befriedigende Antwort zu finden. Doch schließlich verschwand sie aus seinen Gedanken, und er wandte sich wieder ganz seiner großen lebenslangen Passion zu, der Fliegerei.

Für sehr lange Zeit blieb das Mysterium in seinem Unterbewusstsein vergraben, bis zu jenem frühen Morgen in North Platte, Nebraska.

6

Morgens um halb neun war das Flugplatzcafé gut besucht. Er suchte sich einen freien Tisch und schlug die Karte auf.

»Darf ich mich zu Ihnen setzen?«

Jamie Forbes blickte zu ihr auf. Sie schien einer jener Menschen zu sein, die man auf Anhieb mag, wenn man ihnen begegnet. »Selbstverständlich«, sagte er.

Sie stellte einen Rucksack neben ihren Stuhl. »Kann man hier fliegen lernen?«

»Nein«, sagte er und zeigte durch das Fenster hoch zum Himmel. »Dort oben können Sie fliegen lernen.«

Sie schaute hinaus und nickte. »Ich habe immer gesagt, dass ich mir eines Tages die Zeit nehme, es zu lernen. Fliegen, meine ich. Ich hatte es mir versprochen, kam aber irgendwie nicht dazu.«

»Dafür ist es nie zu spät«, sagte er.

»Oh …«, sagte sie mit einem wehmütigen Lächeln, »für mich ist es das, leider.« Sie reichte ihm die Hand. »Dee Hallock.«

»Jamie Forbes.«

Nun vertieften sie sich beide in die Speisekarten. Nur etwas Leichtes, dachte er, nicht viel. Orangensaft und Toast wären gesund.

»Sie sind auf Reisen?«, sagte er.

»Ja. Per Anhalter.« Sie legte die Karte weg, und als die Kellnerin an den Tisch kam, sagte sie: »Pfefferminztee und Toast, bitte.«

»Ja, Ma'am«, sagte die Kellnerin, die sicher keine Probleme haben würde, sich diese Bestellung zu merken. Dann wandte sie sich ihm zu.

»Kakao und Vollkorntoast hätte ich gerne.« Sie reiste als Anhalterin?

»Bestimmt fliegen Sie heute«, sagte die Kellnerin. »Wenn Sie ein so leichtes Frühstück bestellen.«

»Ja, leicht ist gut«, sagte er. Sie lächelte und ging zu einem anderen Tisch weiter. Ihre Bestellungen konnte sie sich offensichtlich merken, ohne sie zu notieren.

»Fahren oder fliegen Sie als Anhalterin?«, fragte er.

»Daran, als Anhalterin zu fliegen, habe ich noch gar nicht gedacht«, sagte Dee. »Geht das denn?«

»Fragen kostet nichts. Allerdings sollten Sie sich Pilot und Flugzeug vorher gut anschauen.«

»Oh?«

»Die Gegend hier liegt ziemlich hoch in den Bergen. In dieser Höhe steigen manche Flugzeuge nicht gut, wenn Passagiere an Bord sind.« Anfang vierzig, dachte er. Geschäftsfrau. Warum reist sie als Anhalterin?

»Um Ihre Frage zu beantworten«, sagte sie, »ich teste eine Hypothese.« Dunkelbraunes Haar, braune Augen, diese magnetische Schönheit, die Neugierde und Intelligenz dem Gesicht einer Frau verleihen.

»Meine Frage?«

»Wieso reist sie als Anhalterin?«

Er schaute sie erstaunt an. »Sie haben recht. So etwas habe ich tatsächlich gedacht. Was ist denn Ihre Hypothese?«

»Es gibt keine Zufälle.«

Interessant, dachte er. »Und welche Art von Zufällen gibt es nicht?«

»Ich erforsche die Chancengleichheit«, sagte sie. »Und zwar auf allen Gebieten. Ich wäre zum Beispiel nicht überrascht, wenn Sie und ich feststellen würden, dass wir einen wichtigen gemeinsamen Freund kennen. Ich wäre nicht überrascht, wenn es einen Grund für unsere Begegnung gibt. Überhaupt nicht überrascht.« Sie schaute ihn an, als wüsste sie, dass es einen solchen Grund gab.

»Natürlich kann man das überhaupt nicht erklären«, sagte er.

Sie lächelte. »Außer durch Zufall.«

»Doch Zufälle gibt es nicht.«

»Ich bin dabei, das herauszufinden.«

Interessantes Forschungsprojekt, dachte er. »Und auf der Straße finden Sie mehr Zufälle pro Kilometer als in Ihrem Büro?« Sie nickte.

»Finden Sie es denn nicht gefährlich, als Anhalterin zu reisen? Eine attraktive Frau, die sich einfach am Straßenrand von wildfremden Leuten mitnehmen lässt?«

Sie lachte ein Das-ist-unmöglich-Lachen. »Ich ziehe keine Gefahren an.«

Natürlich, dachte er. Ist das Selbstsicherheit oder einfach nur Naivität? »Und wie macht sich Ihre Hypothese bis jetzt?«

»Ich bin noch nicht so weit, dass ich sie als Gesetz bezeichnen würde, aber ich denke, als Theorie macht sie sich bereits sehr gut.«

Die Möglichkeit, bei dieser Art des Reisens in Gefahr zu geraten, hatte sie mit einem Lächeln abgetan – das verstand er noch nicht.

»Bin ich ein Zufall?«, fragte er.

»Ist Jamie ein Zufall?« Sie sagte es, als würde sie jemanden danach fragen, der für ihn unsichtbar war. »Natürlich nicht. Dazu erzähle ich Ihnen später mehr.«

»Ich glaube, Sie sind ein Zufall«, sagte er. »Und das finde ich überhaupt nicht schlimm. Ich wünsche Ihnen alles Gute für Ihre Reise.«

»Dann habe ich bis jetzt noch nichts gesagt, was für Sie von besonderer Bedeutung ist?«, fragte sie, »nichts, durch das sich Ihr Leben verändern könnte?«

»›Bis jetzt‹ trifft es genau«, sagte er. »Erzählen Sie mir etwas, was mich schockiert, Ma'am, etwas Lebensveränderndes und völlig Unerwartetes, dann werde ich Ihnen zustimmen, dass unsere Begegnung kein Zufall ist.«

Sie dachte darüber nach, mit einem kleinen Lächeln. »Dann will ich Ihnen etwas verraten«, sagte sie. »Ich bin Hypnotiseurin.«

7

Ab und zu geschah es, dass ein Wort Jamie Forbes ins Wanken brachte. Das war dann wie weißes Rauschen im Flugfunk, wenn niemand sendet, Rauschen, das plötzlich gewaltig anschwillt und das ganze Bewusstsein ausfüllt.

Vielleicht schaltete sein Denken in den Overdrive, wirbelte gegen etwas an, für das es keine Erklärung gab. Er zählte, ohne zu zählen … nach sieben Sekunden konnte er wieder hören.

Wie ist es möglich, dass diese seltsame Dame sich ausgerechnet jetzt zu mir an den Tisch setzt, wo ich mich frage, ob ich Maria Ochoa hypnotisiert habe, und mich daran erinnere, wie ich einst hypnotisiert wurde?

– Das Café ist voll, und es war eben kein anderer Tisch frei, weiter nichts.

Woher weiß sie, was ich denke? Kann sie Gedanken lesen? Vielleicht sieht sie nur wie ein Mensch aus, ist aber keiner. Warum geschieht das Unerklärliche mir ausgerechnet hier in North Platte, Nebraska? Warum begegnet mir gerade hier ein Alien? Wie kann sie wissen, dass sie mir etwas zu sagen hat, was mein Leben verändern wird? Wir sind uns doch vorher nie begegnet!

– Reiner Zufall. Höchstwahrscheinlich kommt sie nicht vom Mars.

Es war ein längeres Schweigen entstanden. Er schaute hinauf in den Himmel draußen vor dem Fenster, dann wieder in ihre Augen. »Also: Warum denken Sie, dass ich denke, Ihr Beruf würde mein Leben verändern?«

Die Kellnerin brachte das Frühstück. »Haben Sie noch einen Wunsch?« Er schüttelte den Kopf.

»Nein, danke«, sagte die Hypnotiseurin.

Als sie mit ihren Toasts allein waren, stand die Frage in seinen Augen: Warum glauben Sie, dass das wichtig für mich ist?

»Ich dachte, dass Sie es interessant finden«, sagte sie. »Ich lerne, mir nicht länger selbst im Weg zu stehen. Ich vertraue meiner Imagination, statt sie ständig in Zweifel zu ziehen und sie als albern abzutun. Und es stimmt doch, dass Sie sich für Hypnose interessieren, oder etwa nicht?«

»Ja, das stimmt«, sagte er. »Darf ich Ihnen erzählen, warum das so ist?«

»Bitte.«

Er erzählte ihr, was gestern geschehen war und dass Maria Ochoa in dem Zeitungsartikel sagte, er habe sie dazu hypnotisiert, zu glauben, sie sei eine Flugkapitänin, und dann, dass er sich nun frage, ob er sie tatsächlich hypnotisiert habe.

Sie schaute ihn an, cool und professionell. »Sie haben noch viel mehr getan, als nur diese Flugkapitänin-Suggestion anzuwenden.«

»Oh. Was ist denn dann eigentlich Hypnose?« Wenn Jamie Forbes neugierig war und lernen wollte, kümmerte es ihn nicht, ob andere ihn für dumm hielten.

»Hypnose«, sagte sie, und sie schien das überhaupt nicht für eine dumme Frage zu halten, »ist eine akzeptierte Suggestion.«

Er wartete.

Sie zuckte die Achseln.

»Das ist alles?«

Sie nickte.

»Ist das nicht etwas allgemein?«

»Nein. Erzählen Sie mir Ihre Geschichte noch einmal, alles, woran Sie sich erinnern, und ich sage jedes Mal ›Stopp‹, wenn Sie diese Frau hypnotisiert haben.«

Er schaute zu der Uhr über der Theke, Art-déco-Stil mit stilisierten, chromglänzenden Propellerblättern, die auf Viertel nach neun standen.

»Ich müsste längst unterwegs sein.«

»Dann einen guten Flug«, sagte sie. »Aber diese Sache ist wichtig.«

Angesichts dieser Start-Stopp-Botschaft schaute er sie irritiert an. Vielleicht hatte sie recht. Das Wetter im Osten wird besser, eine Schlechtwetterfront zieht gerade ab. Es ist immer noch früh, ich kann ruhig etwas warten, das Wetter weiter aufklaren lassen.

»Einverstanden«, sagte er, »hier ist die ganze Geschichte.« Dann ging er den Ablauf des gestrigen Erlebnisses noch einmal Schritt für Schritt durch, so gut er sich erinnern konnte, und war sich sicher, dass sie ihn erst unterbrechen würde, wenn die Stelle mit der Fluglinie und der Kapitänin kam.

»Als Erstes sagte sie: ›*Kann mir niemand helfen? Er ist tot!*‹ Und ich sagte zu ihr: ›Vielleicht, Ma'am, vielleicht aber auch nicht.‹«

»Stopp«, sagte die Hypnotiseurin. »Sie haben ihr suggeriert, dass sie sich vielleicht irrt und ihr Mann noch am Leben sein könnte. Das war ein neuer Gedanke für sie, den sie akzeptiert hat und der ihr neue Hoffnung gab und, noch mehr als das, einen Grund, selbst am Leben zu bleiben.«

Das hatte er noch gar nicht in Betracht gezogen. »Ich sagte ihr, sie könne das Flugzeug ohne ihn fliegen.«

»Stopp«, sagte Dee Hallock. »Sie haben ihr suggeriert, dass sie das Flugzeug fliegen kann. Wieder eine neue Option für sie.«

»Ich sagte: ›Dann sollten wir ihn besser nach unten bringen.‹ Ich habe bewusst das Wir gewählt, weil ich ahnte, was sie als Nächstes sagen würde.«

»Stopp. Sie haben sie nicht nur hypnotisiert, sondern wussten sogar, was Sie tun.«

»Sie sagte, sie könne kein Flugzeug fliegen, und ich sagte: ›Okay, dann landen wir es jetzt gemeinsam.‹«

»Stopp. Sie widersprechen ihrer Suggestion, sie könne nicht fliegen, und der Klang Ihrer Stimme, Ihre Zuversicht bekräftigen das. Zurückweisung einer Suggestion und kraftvolles Bejahen einer neuen – das führt hin zu einer Demonstration.«

So ging es weiter. Diese Dee Hallock stoppte ihn bei praktisch jedem Satz. Forbes habe Maria suggeriert, dass sie ein Flugzeug fliegen könne, er habe ihr Bestätigung und Bestärkung gegeben, nicht verbale Signale benutzt, suggeriert, dass sie seine Autorität als Fluglehrer akzeptieren soll, suggeriert, dass er sie sicher zur Erde bringen würde, diese Suggestionen durch Humor verstärkt ... ihre Liste wurde immer länger. Sie machte Anmerkungen zu jedem Satz, an den er sich erinnerte.

Er nickte, überzeugt. Nun hatte seine Frühstückspartnerin ihn dazu gebracht, ihre Suggestion zu akzeptieren, dass er Marias Bewusstsein gesteuert hatte. Ist Hypnose wirklich so einfach?

... »›Ich spreche jetzt auf einer anderen Frequenz mit dem Kontrollturm. Keine Sorge, auf dieser Frequenz höre ich Ihnen weiter zu. Sie können jederzeit mit mir reden, okay?‹«

»Stopp«, sagte sie. »Was suggerieren Sie ihr jetzt?«

»Dass sie kaum etwas zu tun braucht. Die große Fluglehrer-Autorität behält sie im Blick, auch wenn sie über Funk mit jemand anderem redet.«

»Genau.«

»Dem Tower habe ich auf die Frage, ob wir einen Notruf absetzen wollen, erzählt: ›Negativ. Sie fliegt wirklich gut, aber Sie sollten einen Krankenwagen für den Piloten bereitstellen, und einen Löschwagen. Die Fahrzeuge sollen sich hinter dem landenden Flugzeug halten, okay? Wir wollen schließlich nicht, dass sie unnötig durch Fahrzeuge abgelenkt wird, die neben ihr fahren, während sie aufsetzt.‹«

»Stopp. Was tun Sie nun?«

Er lächelte. »Ich hypnotisiere den Fluglotsen.«

Sie nickte, ganz ernsthaft. »Ja. Sie suggerieren ihm, dass Sie die Situation unter Kontrolle haben und dass er das akzeptieren soll.«

… »›Vor uns ist die Landebahn, Maria. Wir fliegen jetzt eine große, sanfte Linkskurve, um sie anzusteuern. Das machen wir ganz langsam und in Ruhe. Es ist wirklich kinderleicht.‹«

»Da haben Sie es wieder«, sagte sie. »Sie suggerieren ihr eine Zukunft, in der die Landung bereits erfolgreich abgeschlossen ist.«

»Ja, stimmt. Das habe ich ihr tatsächlich suggeriert.«

»Was glauben Sie«, fragte Dee Hallock, »wie viele Suggestionen waren das, zwei Dutzend, drei Dutzend? Wie viele haben Sie gar nicht erwähnt? Meine Klienten gelangen schon nach einem einzigen Satz in eine leichte Trance.« Sie hob ihre Teetasse, trank aber nicht. »Suggestion-Affirmation-Bestätigung, Runde um Runde, wie die Spiralen, die man in alten Kinofilmen benutzte, um zu zeigen, dass jemand *hypnotisiert* worden war.«

»Das ist also gar nichts Besonderes, wollen Sie sagen? Jeder Mensch kann uns hypnotisieren? Jeder kann das?«

»Wir *können* es nicht nur, Sir, wir *tun* es jeden Tag. Ich tue es, Sie tun es, jederzeit.«

Man merkte ihr an, dass sie dachte, er würde ihr das nicht glauben.

Sie beugte sich mit ernster Miene vor. »Jamie, jedes Mal wenn wir denken oder sagen: Ich bin …, ich fühle …, ich denke …, ich weiß …, du kannst …, du bist …, du kannst nicht …, du solltest …, ich sollte …, ich werde …, das ist …, das ist nicht … Jedes Mal wenn wir ein Werturteil fällen: gut, schlecht, besser, böse, am besten, schön, nutzlos, großartig, richtig, falsch, furchtbar, bezaubernd, wunderbar, Zeitverschwendung …«

Ihr Miene signalisierte: Jetzt wissen Sie, wie weit das geht. »Immer und immer wieder. Jede Aussage, die wir treffen, ist nicht einfach nur eine Aussage, es ist eine Suggestion, und jede, die wir akzeptieren, lässt uns tiefer in die Hypnose hineingleiten. Jede Suggestion *verstärkt sich selbst.*«

»Ich sage mir, dass ich mich wunderbar fühle, wenn ich mich schlecht fühle, und dadurch wird ›wunderbar‹ verstärkt?«

»Ja. Wenn wir uns sagen, dass wir uns wunderbar fühlen, wenn wir uns schlecht fühlen, wird das schlechte Gefühl mit jeder Suggestion schwächer. Wenn wir uns jedoch sagen, dass wir uns schrecklich fühlen, wenn wir uns schlecht fühlen, geht es uns mit jedem Wort schlechter. Suggestionen verstärken sich.«

Sie hielt inne und hob für einen Moment die Augenbrauen, weil sie, wie er vermutete, von ihrer eigenen Intensität überrascht war.

»Das ist interessant«, sagte er, wobei seine Worte sich selbst unterstrichen und ihn in die Trance versetzten, zu wissen, dass das, was sie sagte, tausendmal mehr als einfach nur interessant war. Wenn es nur zu einem Viertel, selbst nur zu einem Zehntel wahr war …

»Hypnose ist kein Mysterium, Jamie. Wiederholung ist das ganze Geheimnis: ständige Wiederholung. Suggestionen von allen Seiten, von uns selbst, von jedem anderen Menschen, der uns begegnet: denke dies, tue dies, sei das. Suggestionen von Felsen: dass sie fest sind, dass sie Substanz besitzen, selbst wenn wir wissen, dass alle Materie nichts als Energie ist, Muster von Beziehungen, die wir als materiell wahrnehmen. Dabei gibt es überhaupt nichts wirklich Festes. Es erscheint uns lediglich so.«

Als sei sie nicht bereit, erneut in die Tiefe zu gehen, hielt sie ihre Teetasse, schweigend.

Suggestion, Affirmation, dachte er. Die Lady hat recht. Unsere persönliche Wahrheit besteht aus jenen Suggestionen, die wir von all den Suggestionen akzeptiert haben, die uns im Lauf der Zeit begegnet sind. Nicht unsere Wünsche oder Träume gehen in Erfüllung, sondern die Suggestionen, die wir als wahr akzeptieren.

»Es ist Ihnen bei Maria gelungen«, sagte Dee, »sie so tief in Trance zu versetzen, dass nicht Maria das Flugzeug gelandet hat, sondern Sie. Jamie, Ihr Bewusstsein hat sich Marias Körper lange genug ausgeliehen, um ihr und ihrem Mann das Leben zu retten.«

Sie setzte ihre Teetasse vorsichtig ab, schien zu wissen, dass Tee nie gekippt werden soll. »Verraten Sie mir …« Sie verstummte.

»Was soll ich Ihnen verraten«, sagte er nach einer Weile.

»Haben Sie es gestern für möglich gehalten, dass Maria das Flugzeug *nicht* hätte landen können?«

Schweigen des Piloten. Undenkbar. Es war so unmöglich, dass Maria ihr Flugzeug nicht landen konnte, wie es unmöglich war, dass er seine eigene Maschine nicht landen konnte.

»Wenn wir unsere eigenen Suggestionen akzeptieren«, sagte seine seltsame neue Bekannte, »nennt man das *Selbsthypnose.*«

8

Ein paar Jahre zu viel hatte Jamie Forbes geradeheraus gesagt, was er dachte. Heute praktizierte er das genaue Gegenteil, und das war ihm inzwischen fast zur festen Gewohnheit geworden.

Diese Dee Harmon, dachte er, Anhalterin auf der Jagd nach dem Zufall, hat mir viel mehr zu denken gegeben, als sie ahnt.

Er schaute auf die Uhr, legte zwei Zehn-Dollar-Scheine auf den Tisch. »Ich muss los«, sagte er. »Ich fürchte, Sie werden alles zahlen müssen, was mehr als zwanzig Dollar kostet.«

»Danke«, sagte sie. »Das mache ich. Wohin fliegen Sie?«

»Mittags bin ich wahrscheinlich in Arkansas. Südöstlich von hier.«

Sie blieb sitzen, als er aufstand. »Es war mir ein Vergnügen, Sie kennenzulernen, Jamie Forbes«, sagte sie.

Ich müsste längst unterwegs sein, dachte er, während er aus dem Café ging. Nein, *muss* ich überhaupt nicht. Ich könnte hierbleiben und mit dieser Frau den ganzen Tag reden, alles lernen, was sie über Hypnose weiß. Dafür könnte ich durchaus ein paar Stunden opfern.

Na gut: Ich *will* jetzt aufbrechen.

Eine Suggestion, die ich akzeptiere, bei der es sich gut anfühlt, sie zu akzeptieren. Es macht mich glücklich, weiterzureisen, über das Vorfeld zu meiner Maschine zu gehen, wieder in das vertraute Cockpit zu klettern, wieder trocken zu werden nach diesem Regenguss aus wilden Ideen, die umso wilder sind, weil sie wahr sein könnten.

Die Schlösser des Beckengurts und der Schultergurte rasteten ein, Helm auf, Sprechfunkkabel einstöpseln, Handschuhe an. Was für eine Freude kann Routine sein, die einem Ziel dient.

Gemisch – REICH
Propellerhebel – GRÖSSTE STEIGUNG
Magnete – BEIDE

Batterie – EIN
Benzinpumpe – EIN, zwei-drei-vier-fünf, AUS
Propellerbereich – FREI
Anlasser – START

Der Propeller vor der Windschutzscheibe machte drei langsame Umdrehungen und wurde unsichtbar, sobald der Motor ansprang. Für eine Sekunde stieg blauer Rauch auf, der dann vom Propellerwind weggeblasen wurde.

Öldruck – KONTROLLIEREN
Lichtmaschine – EIN

Das Fliegen wurde für ihn niemals Routine, niemals langweilig. Mit jedem Anlassen des Motors begann ein neues Abenteuer, wurde der Geist eines wunderbaren Flugzeugs wieder zum Leben erweckt. Mit jedem Start verschmolzen der Geist des Piloten und des Flugzeugs, um zu tun, was nie zuvor in der Geschichte getan worden war: sich vom Boden zu erheben und zu fliegen.

Damit entschwebte er auch dem Tee und Toast mit Dee Holland. Während des Starts dachte er überhaupt nicht mehr an ihr Gespräch.

Wir fliegen. Fahrwerk einfahren. Geschwindigkeit und Steigrate sind gut. Öldruck und -temperatur, Ladedruck und Motordrehzahl und Benzindurchfluss und verbleibende Flugstunden, Zylinderkopf- und Abgastemperatur im grünen Bereich, genug Benzin in den Tanks; den Himmel nach anderen Flugzeugen absuchen, die in der Tiefe sanft vorbeigleitende Landschaft im Auge behalten.

Wenn man einmal die Grundlagen des Fliegens sicher beherrscht, gibt es im Cockpit viel Raum für eine Zweiteilung der Persönlichkeit. Der eine Teil des Bewusstseins fliegt das Flugzeug, während der andere sich damit vergnügt, Rätsel zu lösen.

Minuten später, während er in 2300 Meter Höhe Richtung Arkansas flog, begann der eine Teil von Jamie Forbes' Geist sich zu wundern, warum er, wenn es keine Zufälle gab, an diesem Morgen Ms Harrelson getroffen hatte, die auf einer Mission war, Dinge zu beweisen, von denen sie sowieso glaubte, dass sie wahr waren.

Nicht jedes Ereignis muss, dachte er, mit dem Etikett Zufall oder Schicksal versehen werden. Es kommt darauf an, was danach geschieht – ob wir etwas anfangen mit unseren kleinen Lebensszenen oder sie von unserem Herzen flussabwärts davonschwimmen lassen, sodass sie im Ozean der Vergessenen Begegnungen verschwinden.

Hatte er Maria hypnotisiert und ihr dadurch zu einer sicheren Landung verholfen? Hatte er sich selbst dahingehend hypnotisiert, zu glauben, dass er ihr helfen konnte? Ist Hypnose so verbreitet, dass wir es in jeder Minute des Tages mit uns selbst und gegenseitig tun, ohne uns dessen je bewusst zu werden?

Hypnose tut nicht so, als könnte sie uns sagen, warum wir hier sind, dachte er, aber sie erzählt uns eine Menge darüber, wie wir hergekommen sind und wie wir uns am Spiel beteiligen.

Was, wenn die Anhalterin recht hatte mit ihrer Version, Maria sei in Trance gelandet, was, wenn das wirklich stimmte?

Wenn Hypnose nicht mehr ist als akzeptierte Suggestionen, dann muss ein großer Teil der Welt, die wir rings um uns wahrnehmen, mit unserem eigenen Pinsel gemalt worden sein.

»Hallo, Flugplatz Pratt, Swift 2304 Bravo, 45 Grad Einflug in den linken Gegenanflug auf Piste Drei Fünf. Pratt.« Jamie hörte die Stimme nur schwach aus dem Funkgerät. Das Flugzeug war Kilometer entfernt.

Welche Vorschläge? Zum ersten Mal in seinem Leben öffnete er in der lärmigen Stille des Cockpits seine Augen, um zu sehen.

Er flog rückwärts durch die Zeit, Zeit, die er mit sich selbst und mit anderen verbracht hatte, in Ehe und Berufsleben, während seiner Zeit beim Militär, in der Highschool, der Mittelschule, die Zeit als Junge und als kleines Kind zu Hause. Wie werden wir Teil einer Gesellschaft, einer Kultur? Geschieht das nicht dadurch, dass wir deren Suggestionen als wahr akzeptieren?

Tausende, Millionen von Suggestionen, ganze Ozeane voll davon; akzeptiert, angebetet, vernünftige und unvernünftige, zurückgewiesene oder ignorierte ... sie alle ergießen sich unsichtbar in mein Bewusstsein, in mich wie in jeden Menschen, jedes Tier, jede Lebensform auf Erden: muss essen, muss schlafen, spüre Hitze und Kälte, Schmerz und Freude, muss einen Puls haben, Luft atmen, alle physikalischen Gesetze kennenlernen und befolgen, die Suggestionen akzeptieren, dass dies das einzige Leben ist, war oder je sein wird. Dee Hallock hatte es lediglich bei ein paar Andeutungen belassen.

Jede Aussage, dachte er, mit der wir einverstanden oder nicht einverstanden sein können, auf jeder Ebene, ist eine Suggestion.

Er blinzelte verwundert, das Flugzeug war für einen Moment vergessen. *Jede Aussage?* Das wäre jedes Wort, das er gesehen, gesprochen, gehört, gedacht und geträumt hatte, nonstop bei Tag und bei Nacht, seit mehr als einem halben Jahrhundert, die nonverbalen Suggestionen nicht mitgezählt, von denen es, konservativ geschätzt, vermutlich noch zehntausend Mal mehr gab.

In jedem Augenblick, in dem wir eine Wand wahrnehmen, bekräftigen wir: *fest-da-kann-man-nicht-hindurchgehen.* In wie vielen Nanomomenten des Tages nehmen unsere Sinne Wände wahr? Türen? Böden? Decken? Fenster? Während wie vieler Millisekunden akzeptieren wir Grenzen-Grenzen-Grenzen, ohne überhaupt zu wissen, dass wir es tun?

Wie viele Nanomomente täglich, fragte er sich: eine Billion? So viele Suggestionen allein auf dem Gebiet der Architektur, und dazu kommt dann eine ähnliche Masse von Suggestionen über unsere angeblichen Grenzen in anderen Lebensbereichen, zum Beispiel Biologie, Physiologie, Chemie, Aeronautik, Hydrodynamik, Laserphysik und … bitte fügen Sie hier alle Disziplinen ein, die von der Menschheit jemals erfunden wurden!

Deswegen sind Kleinkinder so lange hilflos, obwohl sie in jeder Sekunde blitzschnell lernen. Sie müssen ein Fundament akzeptieren, eine kritische Masse an Suggestionen, um sich nach ihrer Ankunft aus der Welt des Geistes überhaupt erst mal in unseren Konventionen von Raum und Zeit akklimatisieren zu können.

Die frühe Kindheit ist Basistraining in Sterblichkeit. Eine wahrhaft dammbrechende Flut von Suggestionen ergießt sich über die armen kleinen Kerlchen. Da ist es kein Wunder, dass sie Jahre brauchen, bis sie zum ersten Mal in ruhiges Wasser schwimmen, ganz zu schweigen davon, eigene Ideen zu entwickeln. Erstaunlich, dass ihr erstes Wort nicht »Hilfe!« ist. Aber vielleicht ist es das ja, dieses verzweifelte Schreien und Weinen.

Eine Stunde und zehn Minuten nach dem Start, alle Triebwerksinstrumente im grünen Bereich, Geschwindigkeit über Grund 270 Stundenkilometer bei Gegenwind, klarer Himmel, ruhige Luft, geschätzte Ankunftszeit in Arkansas in einer Stunde.

Inmitten von alledem kann es gar nicht ausbleiben, dass wir Sterblichen lernen, Angst zu haben, dachte er. Wenn wir sterblich sind, ist Gefahr notwendig, Zerstörung muss möglich sein, wenn wir das Spiel mitspielen wollen.

Um mitzuspielen, müssen wir tief, tief und immer tiefer in jenen Ozean aus Suggestionen hinabtauchen, Suggestionen, die uns sagen, dass wir sterblich sind, begrenzt, verwundbar, blind für alles außer den physischen Eindrücken, die durch den Häckselapparat unserer Sinne gepresst werden. So verwandeln wir Lügen in unerschütterliche Überzeugungen und stellen keine Fragen, während wir versuchen, so lange wie möglich dem Tod ein Schnippchen zu schlagen, und uns wundern, wozu wir eigentlich hier sind und wie wir dieses Spiel jemals unterhaltsam nennen konnten.

Oh, und alle wirklichen Antworten sind versteckt. Das Spiel besteht darin, sie selbst zu finden, zwischen den Wolken aus falschen Antworten, von denen andere Mitspieler behaupten, bestens damit klarzukommen, die aber für uns überhaupt nicht zu funktionieren scheinen.

Als Flugschüler bei der Luftwaffe hatte Jamie Forbes Seminare über Höhenkrankheit besuchen müssen. Gibt es so etwas wie Höhen-Bewusstsein, fragte er sich nun, Dinge, die man auf dem Erdboden nicht lernen kann, sondern nur hier oben, wenn man eine Reihe von Jahren Pilot gewesen ist?

Wenn man sich nicht an die Regeln hält, darf man nicht mitspielen.

Die Regel eins für das Spiel »Leben in der Raumzeit« ist offensichtlich: *Man muss an die Raumzeit glauben.*

Nach den ersten paar Millionen Suggestionen über die Grenzen der vier Dimensionen, also so in etwa, wenn wir zwei Tage alt sind, kommt die Bestätigung prompt: Wir versinken in der Trance Ich-bin-ein-hilfloses-Menschenbaby, aber dafür dürfen wir nun das Spiel mitspielen.

Was ist mit jenen, die ihre Meinung ändern und beschließen, ihr Einverständnis zu dem Sandsturm der Suggestionen auf diesem Planeten zu widerrufen? Jenen, die sagen: »Ich bin Geist! Ich bin nicht eingeschränkt durch die Glaubenssätze dieser halluzinierten Welt, und ich werde auch nicht so tun, als wäre ich es!«

Mit ihnen passiert Folgendes: »Armes Ding: eine Totgeburt. Der kleine Knirps hat bloß eine Stunde gelebt. Ist das nicht ein Jammer? War nicht krank, aber hat es einfach nicht geschafft. Na ja, das Leben ist nun mal nicht fair.«

Die, die hierbleiben, willigen ein, sich hypnotisieren zu lassen, dachte Jamie Forbes, auf Reiseflughöhe 2300 Meter. Das sind wir, das bin ich.

Geschwindigkeit über Grund auf 250 Stundenkilometer gesunken. Er machte ein Reset seines GPS, änderte den Kurs von Arkansas auf Ponca City, Oklahoma. Da war ich noch nie, dachte er, aber das wird sich nun ändern.

9

»Wo stehen bei Ihnen die Bücher zum Thema Luftfahrt?«

Das Antiquariat in der Nähe des Flugplatzes von Ponca City wirkte vielversprechend.

Es staubte, so wie es schien, an diesem Flecken seit mindestens achtzig Jahren vor sich hin.

»Luftfahrt?«, sagte der Verkäufer. »Ja, gehen Sie dort entlang bis zum Regal ›Reise‹ und biegen Sie dann links ab. Am Ende des Ganges, rechte Seite.«

»Dankeschön.«

Das Angebot war eher spärlich, fand der Pilot. Nichts über seine momentane Leidenschaft, die Geschichte der Wasserflugzeuge. Doch dafür standen drei erstklassige Bücher gleich nebeneinander: das seltene alte *Aircraft and Engine Maintenance* von Brimm und Bogess, überraschend billig, nur je drei Dollar für zwei Vierzig-Dollar-Bände, und *Im Gleitflug des Lebens* von Nevil Shute, in dem der Autor von seinem Leben als Flugzeugingenieur erzählt.

Die Bücher standen in Augenhöhe, und als er sie alle drei herausnahm, hinterließen sie ein ziemlich großes Loch. Normalerweise wäre er nun weitergegangen, aber da er keine Eile hatte, fiel sein Blick im Dämmerlicht des Ladens auf ein weiteres Buch, das hinter den anderen eingeklemmt war, sodass man den Titel nicht lesen konnte. In der Hoffnung, es könnte sich um *Wasserflugzeuge der Zwanzigerjahre* handeln, zog er es heraus.

Leider kein Glück. Es war noch nicht einmal ein Luftfahrtbuch: Winston's *Enzyklopädie der Entertainer.*

Der Titel ließ ihn innehalten und an sein Erlebnis im Lafayette Hotel in Long Beach denken. Also schlug er den einzigen Entertainer nach, den er je live auf der Bühne gesehen hatte:

SAMUEL BLACK, alias DER GROSSE BLACKSMYTH.

Amerikanischer Bühnenhypnotiseur (1948–1987). In der Mitte der Siebzigerjahre galt Black als der beste seiner Zunft.

»Was wäre, wenn wir glauben, durch etwas gefesselt zu sein, was überhaupt nicht existiert?«, fragte er einen Reporter der Zeitschrift Variety. »Und was, wenn die Welt um uns der perfekte Spiegel dessen ist, woran wir glauben?«

Im Jahr 1987, auf dem Höhepunkt seiner Popularität, zog sich Black von der Bühne zurück.

Aus seinen Tagebuchaufzeichnungen geht hervor, dass er dabei war, etwas zu erforschen, was er »andere Dimensionen« nannte. Weiter schreibt er dort: »Ich habe einige sehr interessante Entdeckungen gemacht und beschlossen, meinen Körper zu verlassen und wieder in ihn zurückzukehren, und zwar in exzellenter gesundheitlicher Verfassung.« (Los Angeles Times, 22. Juni 1987)

Am 12. November 1987 wurde er tot aufgefunden, wobei die Todesursache nie geklärt werden konnte.

Black hinterließ seine Frau Gwendolyn (geb. 1951), eine Hypnosetherapeutin.

Er stellte die drei Luftfahrtbücher auf die Ladentheke, wobei er sich wegen des Preises für Brimm und Bogess schuldig fühlte, dann gab er dem Verkäufer, den er für den Ladenbesitzer hielt, die Enzyklopädie.

»Die stand bei der Luftfahrt, gehört aber wohl zum Entertainment.«

»Danke. Tut mir leid. Ich werde sie ins richtige Regal stellen.« Er legte das Buch beiseite. »Dann hätte ich gerne je drei

Dollar für diese beiden und vier Dollar für den Nevil Shute. Klingt das gut?« Als sei er bereit, sich weiter herunterhandeln zu lassen.

»Sehr gut. Er war ein glänzender Schriftsteller.«

»*Die Rose und der Regenbogen. El-Amin, der Prophet. Diamanten im Meer*«, sagte der Verkäufer und grinste angesichts ihres gemeinsamen guten Geschmacks. »Er schrieb sechsundzwanzig Bücher, wissen Sie. Alle erinnern sich an ihn wegen *Das letzte Ufer*, aber das war nicht sein bestes Buch, finde ich.«

Ja, es handelte sich eindeutig um den Ladenbesitzer.

»Ihr Brimm und Bogess ist viel zu billig, wissen Sie das?«, sagte Jamie. »Ich nutze Sie aus, wenn ich es zu diesem Preis kaufe.«

Der Mann winkte ab. »Den Preis habe ich nun einmal so festgesetzt. Beim nächsten Mal werde ich mehr berechnen.«

Sie plauderten noch eine Weile über Nevil Shute Norway, den Schriftsteller, der plötzlich lebendig geworden war und dessen Geschichten nun die Distanz zwischen zwei Leuten überbrückten, denen er zu seinen Lebzeiten niemals begegnet war.

Eine halbe Stunde später kam Forbes mit Brimm und Bogess, *Im Gleitflug des Lebens* und zwei weiteren Büchern von Nevil Shute aus dem Laden, Taschenbüchern, die dringend nach erneuter Lektüre verlangten. Er beschloss, in Ponca City zu übernachten.

Ist es unehrlich, wenn man für Bücher den vom Verkäufer festgesetzten Preis bezahlt?, fragte er sich.

Nein, entschied er, das ist es nicht.

10

An diesem Abend ging Jamie Forbes, der sich freute, alte Freunde auf alten Buchseiten wiedergetroffen zu haben, zum Abendessen hinunter ins Motelrestaurant.

»Willkommen in Ponca City«, sagte die Kellnerin mit einem Lächeln, das ihr ein großzügiges Trinkgeld einbrachte, noch bevor sie seine Bestellung entgegengenommen hatte. Sie reichte ihm die Speisekarte und flüsterte ihm ein Geheimnis zu: »Wir haben tolle Salate.«

Er bedankte sich, und als sie gegangen war, schaute er sich das Angebot an. Es gab viel zu lesen, und die Salate sahen tatsächlich gut aus.

»Kakao und Toast, bitte.«

Verblüfft blickte er auf und entdeckte ein bekanntes Lächeln.

»Miss Hammond!«

»Hallock«, sagte sie. »Dee Hallock. Mister Forbes, verfolgen Sie mich?«

Unmöglich. Vierhundert Meilen entfernt von dem Frühstück in North Platte, nicht in Arkansas, wohin er eigentlich hatte fliegen wollen. Sie konnte unmöglich wissen, dass sie ihn hier treffen würde, er konnte es unmöglich wissen …

»Dann sind Sie also per Anhalter nach Ponca City gefahren.«

»Ein Trucker hat mich mitgenommen. Er hatte dreitausend Paletten mit Rollrasen aus North Platte geladen, mit dem Ponca City sozusagen über Nacht begrünt werden soll. Trucker gehören zu den hilfsbereitesten, höflichsten Leuten auf der Welt. Wussten Sie, dass sie sogar einen eigenen Ehrenkodex haben?«

»Hören Sie, Ms Hallock, das ist doch nicht möglich! Wieso sind Sie plötzlich hier?«

Sie lachte. »Na gut, ich bin nicht hier. Darf ich mit Ihnen zu Abend essen oder soll ich lieber … verschwinden?«

»Natürlich«, sagte er und erhob sich höflich etwas aus seinem Stuhl. »Entschuldigen Sie. Bitte setzen Sie sich zu mir. Wie ist es möglich, dass …«

»Mr Forbes, kein Wie-ist-es-möglich. Es ist reiner Zufall. Oder wollen Sie etwa behaupten, es wäre nicht so?«

Was sagt man, wenn so etwas passiert? Stammelt man herum, sagt man Sätze wie: »Das gibt's einfach nicht«, wenn es trotzdem geschieht, ganz egal, was möglich ist und was nicht?

Er beschloss, einfach kein Wort mehr darüber zu verlieren, aber innerlich ratterten seine Gedanken weiter wie ein leerer Vogelkäfig, der aus einem Schnellzug fällt.

Er konnte nichts tun, als vorzugeben, dass die Welt so war wie immer, obwohl sie eindeutig nicht mehr so war.

»Sie sagt, dass die Salate gut sind.«

Dee lachte.

Was dachte sie jetzt gerade, diese Erforscherin des Zufalls?

»Dinge geschehen niemals grundlos«, sagte sie. »Das weiß ich. Es gibt immer einen Grund.«

Sie bestellten Salate und irgendein Nudelgericht, es war ihm ziemlich egal. Dann saßen sie schweigend da. Welchen Grund gab es denn?

»Ich musste immer wieder über das nachdenken, was Sie gesagt haben«, erzählte er ihr. »Dass Suggestionen uns hypnotisieren.«

»Wenn wir sie akzeptieren«, sagte sie.

»Wenn wir zwei Tage alt sind, haben wir nun mal keine große Wahl. Und bald darauf ist es schon zu spät.«

Sie schüttelte den Kopf. »Nein, nein. Wir haben immer die Wahl. Wir akzeptieren Suggestionen, weil wir sie akzeptieren wollen. Es ist nie zu spät, eine Suggestion zurückzuweisen. Verstehen Sie nicht, Jamie? Es ist alles andere als geheimnisvoll: Suggestion, Affirmation, Bestätigung. Mehr braucht es nicht. Das wiederholt sich immer und immer wieder. Suggestionen von allen Seiten. Und wir wählen sie selbst aus und prägen sie unserem Bewusstsein auf.«

Diese ganze Hypnose-Geschichte. Er beschloss, ihr etwas zu sagen, von dem er gar nicht wusste, ob er damit richtig lag.

»Erinnern Sie sich, dass Sie gesagt haben, wir hätten vielleicht einen gemeinsamen Freund?«

Sie blickte von der Speisekarte auf und nickte.

»Das stimmt.« Sie lächelte erwartungsvoll.

»Sam Black«, sagte er.

Keine Überraschung, kein Schock, das Lächeln wurde lediglich liebevoll.

»Dann kennen Sie Sam…«, sagte sie.

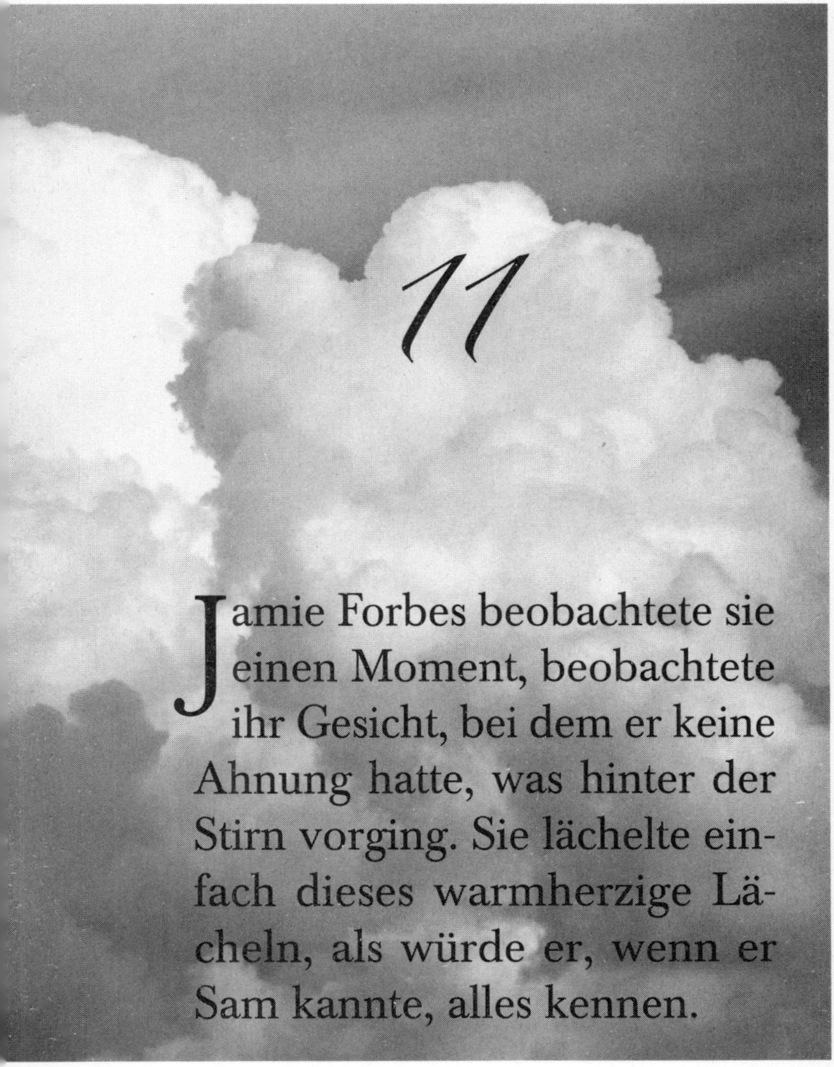

11

Jamie Forbes beobachtete sie einen Moment, beobachtete ihr Gesicht, bei dem er keine Ahnung hatte, was hinter der Stirn vorging. Sie lächelte einfach dieses warmherzige Lächeln, als würde er, wenn er Sam kannte, alles kennen.

»Wie hat sich Gwendolyn in Dee verwandelt?«, fragte er. Wenn er mit seiner Vermutung falsch lag, musste diese Frage ihr völlig verrückt erscheinen.

Aber es zeigte sich, dass er ganz richtig vermutete. »Ich habe meinen Namen nicht geändert, als wir heirateten. Aber als Sam …« wieder dieses liebevolle Lächeln, »… starb, wurde aus Gwendolyn Wendy, und dann machte unsere Enkelin, Jennifers kleine Tochter, daraus ›Oma Dee‹. Alle waren damit einverstanden, als ich noch dort wohnte.«

»Sie sagt es immer noch, so wie sie auch Jennifee sagt.«

Diese Worte warfen ein paar neue Fragen auf. Aber sie waren persönlicher Natur und gehörten daher nicht zu der Sorte Fragen, die der Pilot gerne stellte.

»Ich habe einen Artikel über ihn gelesen«, sagte er.

»In der *Enzykloplädie der Entertainer*?«

Er nickte.

»Lassen Sie mich raten. Sie sind zufällig auf das Buch gestoßen?«

Sie fand seine Geschichte nicht überraschend, aber entzückend: Das Buch eingeklemmt hinter dem Luftfahrt-Regal eines Antiquariats in einer Kleinstadt, wo er eigentlich nie zu landen vorgehabt hatte, als er gedanklich ganz mit Hypnose beschäftigt war, an dem Tag, an dem er Gwendolyn Black getroffen hatte, nachdem er ein Leben lang nicht gewusst hatte, dass sie existierte, und Stunden bevor er sie zum zweiten Mal treffen würde, obwohl das eigentlich auf spektakuläre Weise unmöglich war.

Ihre Salate wurden serviert, wobei sie ihren kaum anrührte, da sie damit beschäftigt war, seine Fragen zu beantworten.

»Was hat es denn nun auf sich«, fragte er, »mit Ihnen und dem Zufall?«

»Das haben Sie also noch nicht herausgefunden.«

»Es muss etwas mit Hypnose zu tun haben.«

»Das haben Sie also herausgefunden. Erinnern Sie sich an meine Hypothese, die sich heute, dank Ihrer Mithilfe, zu einer Theorie verfestigt hat?«

»Es gibt keine Zufälle.« Er fühlte sich wie ein Affe, der grübelnd vor den großen Teilen eines Kindergarten-Puzzles saß: ein unglaublich einfach zu lösendes Puzzle, und doch wollte es ihm nicht gelingen.

»Denken Sie an die wirklich bedeutsamen Begegnungen in Ihrem Leben, nicht als Kind, sondern später, als Sie schon eine Weile das Spiel mitspielten. Darf ich Sie etwas fragen …?«

»Natürlich.«

»Wie haben Sie Ihre Frau kennengelernt?«

Er lachte. »Das ist nicht fair! Catherine hatte sich bei der NASA ein paar Tage freigenommen, fuhr von Florida nach Kalifornien, mit einem kleinen Umweg über Seattle, und machte an dem kleinen Flugplatz eine Pause, wo ich gerade gelandet war, um mich vor einem Gewitter mit Hagelschlag in Sicherheit zu bringen …« Er stoppte am Rand einer langen Geschichte.

»Ja, Sie haben recht. Eigentlich war es vollkommen unwahrscheinlich, dass wir einander begegneten, und doch geschah es.«

»Wie lange ist das her?«

»Zehn Jahre.« Eine wunderbare Ehe, dachte er. Bis zum heutigen Tag.

»Ich sage: Es gibt keine Zufälle. Und Sie sagen: Es gibt keine Bestimmung.«

»Zufall ist Bestimmung.« Er meinte es scherzhaft.

Sie legte die Gabel hin und verschränkte die Arme vor der Brust. »Wissen Sie, was Sie da gerade gesagt haben?«

»Keine Zufälle«, sagte er. »Hört sich an, als lägen Sie damit gar nicht so falsch, wie ich dachte.«

»Dann setzen Sie jetzt bitte das Puzzle richtig zusammen«, sagte sie, ohne zu lächeln. »Wären Sie nicht falsch erzogen worden, hätten Sie keine falschen Suggestionen akzeptiert, wären Sie nicht durch die Kultur konditioniert, in der zu leben Sie sich entschieden haben … dann könnten Sie durch diese Wand dort gehen.«

Ihre Worte schmerzten. »Und was ist mit Dee? Wurden Sie auch falsch erzogen?«

»Ja, das wurde ich.«

»Und das haben Sie überwunden?«

»Ja.«

»Sie können also durch die Wand da gehen?«

»Mit Leichtigkeit.«

»Dann tun Sie es, bitte.«

»Nein.«

»Warum nicht?«

»Das werden Sie in ein paar Stunden herausfinden. Jetzt ist es noch zu früh dafür.«

»Dee«, sagte er. »Wollen Sie mir Angst machen?«

Statt zu antworten, tat sie etwas Seltsames. Sie streckte ihm ihre geöffnete Hand entgegen, strich damit langsam von links nach rechts vor seinem Gesicht her und schaute ihm in die

Augen. »Nach dieser Stunde«, sagte sie, »werden Sie mich während Ihres Lebens hier auf Erden niemals wiedersehen. Unsere Begegnung war kein Zufall, denn es ist wichtig, dass Sie sich die Frage beantworten: *Was haben Suggestion und Schicksal miteinander zu tun?* Die Antwort darauf wird alles verändern, woran Sie glauben, und alles, was Sie sehen.«

Jetzt hatte sie es geschafft, ihn vollends sprachlos zu machen.

»Sie hat recht!«, sagte sie im nächsten Augenblick, strahlend und glücklich, und so zusammenhanglos, dass er hilflos fragte: »Wer?«

»Na, die Kellnerin! Das ist ein wundervoller Salat!«

»Das stimmt. Wirklich bemerkenswert gut.« Er vergaß seine Fragen über Zufall, Bestimmung, Durch-Wände-Gehen.

Sie zog ein Notizbuch aus der Tasche und las ihm den *Trucker-Ehrenkodex* vor, den sie sich von der Sonnenblende des riesigen Kenworth-Lastwagens abgeschrieben hatte, in dem sie von North Platte hierher gereist war:

Ihr seid das Gewebe, das Amerika zusammenhält, und ihr seid die besten Freunde aller Kinder.

Der Trucker bringt die Farmprodukte zu den Lebensmittelgeschäften, damit die Kinder nicht hungern müssen.

Der Trucker bringt das Heizöl, damit die Kinder nicht frieren müssen.

Der Trucker bringt den Zimmerleuten das Holz, aus dem sie den Kindern ein sicheres, geborgenes Zuhause bauen.

Und der Trucker nimmt das Opfer der Einsamkeit auf sich, er erträgt leere Nächte und einsame Meilen, um Amerika zu verbinden vom Atlantischen Ozean bis zum Pazifik.

Sie blickte von ihrem Notizbuch auf. »Ist das nicht schön?«

In dem Restaurant in Ponca City sprachen diese beiden darüber, wie wahr diese Worte seien und wie viel wir jenen verdanken, die schwierige, gefährliche Jobs auf sich nehmen, um uns das Leben zu ermöglichen, das wir führen.

Das Abendessen war vorüber. Sie wünschte ihm einen guten Weiterflug. Dann sagte Dee Hallock Goodbye und war verschwunden.

✈

Später, auf seinem Zimmer, loggte er sich mit seinem Reisecomputer in das Hotel-Internet ein und googelte Dees Namen. Natürlich gab es mehrere Gwendolyn Hallock, aber die, nach der er suchte, entdeckte er auf einer Ahnenforschungsseite:

> Samuel Black (1948–1987), Bühnenhypnotiseur; verheiratet mit Gwendolyn Hallock (1951–2006); Tochter Jennifer (geb. 1970).

Das Internet liefert ständig falsche Zahlen oder legt fehlerhaft wiedergegebene Zitate Leuten in den Mund, die dergleichen niemals gesagt haben. Die Fakten, die man dort findet, sind häufig blanker Unsinn.

Doch ab und zu kommt es trotzdem vor, dass das Web recht hat. Wenn das auf diesen Fall zutraf, dann war die Gwendolyn Hallock, mit der Jamie Forbes soeben vorzüglich gespeist hatte, seit zwei Jahren tot.

12

In dieser Nacht fand er nur wenig Schlaf.

Deswegen kann sie also durch Wände gehen, dachte er und kämpfte unruhig mit der Bettdecke: Sie akzeptiert nicht länger die Suggestion, sterblich zu sein.

Wären Sie nicht falsch erzogen worden, dann könnten Sie durch diese Wand dort gehen.

Ist der Tod nichts weiter als das, fragte er sich, ein dramatischer Wandel dessen, was wir in Bezug auf uns selbst für wahr halten? Und warum müssen wir erst sterben, um diesen Wandel vollziehen zu können?

Weil wir uns darauf konditioniert haben, dies für notwendig zu halten, dachte er. Wir haben die sehr tiefgehenden Suggestionen über die Raumzeit verinnerlicht, und zwar so lange, bis dass der Tod uns scheidet.

Einsichten wie Meteore: Warum sollten wir *nicht* glauben, dass wir erst sterben müssen, um aufzuwachen? Welche gegenteiligen Suggestionen hören wir denn? Niemand schnippt mit dem Finger und ruft: Hey, wir können die Raumzeit verlassen, wann immer wir wollen! Nach Hause gehen, wann wir wollen, zurückkommen, wann wir wollen, einen kleinen Urlaub machen, um eine neue Perspektive zu gewinnen. Niemand schnippt und ruft: Hey! Wir müssen nicht schreiend aus dieser Welt gerissen werden durch unsere Glaubenssätze über Unfälle, Krankheit und Alter.

Niemand sagt uns, dass Sterben eine Gewohnheit ist, kein Gesetz.

Er saß plötzlich senkrecht im Bett, um zwei Uhr morgens.

Das war es, was Sam Black herausgefunden hatte!

Das war die Dimension, über die er in seinem Tagebuch schrieb, eine Dimension *mit anderen Suggestionen.*

Es fühlte sich an wie ein psychischer Wasserfall, eine Kaskade der Offenbarung, Puzzleteile, die sich von selbst zusammenfügten, während der Affe zuschaute.

Deswegen konnte dieser Mann seinen Körper in exzellenter gesundheitlicher Verfassung verlassen. Sam Black, der Hypnotiseur, hatte seine Kenntnisse benutzt, um sich selbst zu enthypnotisieren. So hatte er sich vom Konditionierten Denken befreit, von den Milliarden Suggestionen, die er akzeptiert hatte, die alle Sterblichen akzeptieren: dass wir in Körpern gefangen sind, in der Schwerkraft gefangen sind, in Atomen gefangen sind, in Kulturen gefangen sind, in einem Erd-Bewusstsein gefangen sind, solange wir dieses Spiel mitspielen.

Dieser ganze Sport, den wir Raum-und-Zeit nennen, erkannte Jamie Forbes, ist Hypnose! Suggestionen, die nur dann wahr werden, wenn wir unser Einverständnis dazu geben, wenn wir sie akzeptieren. Die Suggestionen, die uns binden, sind nichts weiter als Angebote, Vorschläge, bis wir sie akzeptieren und uns daraus unsere eigenen maßgeschneiderten Ketten schmieden, die wir uns selbst anlegen.

Wir Spieler, wir sitzen alle in der ersten Reihe. Jeder von uns ist ein Freiwilliger, der es gar nicht erwarten kann, auf die Bühne gerufen zu werden.

Und was ist vor dem Publikum? Was ist auf der Bühne?

Nichts!

Vor dem Publikum vollzieht sich das Spiel der Suggestionen, der Ideen, die zur sichtbaren, steinharten Realität für alle werden, die an sie glauben.

Für ihn, damals vor so vielen Jahren im Lafayette Hotel, war dieses steinerne Gefängnis, das er vor seinen Augen sah und gegen das er mit den Fäusten hämmerte, so real gewesen wie diese Welt: massive, unverrückbare Mauern aus Granit. Er hatte sie gesehen, berührt, gespürt. Hatte dagegen gehämmert, dass ihm die Hand schmerzte.

Doch der Große Blacksmyth war durch diese Mauer spaziert, als wäre sie Luft.

Die Versuchsperson glaubte, es sei fester Stein, wusste, dass die Mauer undurchdringlich war. Der Hypnotiseur wusste, dass sie Luft war, dass dort nichts weiter zu durchdringen war als die unsichtbare persönliche Überzeugung von jemandem, der halluzinierte, sich in einem Gefängnis zu befinden.

Mitten in der dunklen Nacht schaltete der Pilot dort in Oklahoma die Lampe an seinem Bett an, blinzelte in die plötzliche Helligkeit, griff zum Hotelkugelschreiber und kritzelte Worte auf einen Notizblock.

Wie mein Glaube an das Gefängnis damals, sagte er sich, ist auch mein momentaner Glaube, in einem Körper aus Fleisch verpackt zu sein, in einem Motelzimmer, von tapezierten Wänden umgeben und hinter einer abgeschlossenen Tür.

Ich habe meine eigenen Überzeugungen nie hinterfragt!

Vor langer Zeit habe ich mich selbst überzeugt, dass diese Realität real ist, und dann nie wieder Fragen gestellt: Brauche ich Luft zum Atmen, brauche ich Obdach, Essen, Wasser? Kann ich nur wissen, was ich mit den Augen sehe, mit den Ohren höre und mit den Fingern berühre? Ich sehe es, wenn ich es glaube. Das, woran du nicht glaubst, tritt auch nicht in Erscheinung.

Aber, Achtung: kein simpler Ändere-deine-Meinung-und-es-verschwindet-Glaube, sondern ein tiefes Jede-Sekunde-unseres-Lebens-Überzeugtsein, dass dieses Spiel die einzige Wahrheit ist, die es gibt.

Wir brauchen unseren Glauben an Grenzen nicht, um zu leben, schrieb er, *wir brauchen diesen Glauben, um das Spiel zu spielen!*

Ohne Eis und Schläger kann man kein Eishockey spielen, ohne Brett und Figuren kein Schach, ohne Ball und Tore keinen Fußball. Wir können nicht auf der Erde leben, ohne daran zu glauben, unendlich stärker eingeschränkt zu sein, als wir es sind.

Der Kugelschreiber verharrte. Sie hat recht! Es ist Hypnose, eine Myriade akzeptierter Suggestionen, dabei hätten vielleicht schon acht genügt, um den Trick zu bewerkstelligen.

Also was nun?

Draußen in der Nacht, weit entfernt, eine Polizeisirene. In diesem dunklen Augenblick machte gerade jemand einen verhängnisvollen Spielzug.

Also *was* nun?, überlegte er.

Also kann ich es mir leisten, locker zu bleiben. Ich muss keine Angst vor diesem und jenem haben, ganz egal, wie viele andere Menschen daran glauben.

Angst wovor?

Armut, Einsamkeit, Krankheit, Krieg, Unfälle, Tod. All diese Ängste sind Terroristen. Sie verlieren ihre Macht über uns, sobald wir uns bewusst dafür entscheiden, keine Angst zu haben.

Licht aus, Kopf zurück aufs Kissen, die nächste Gedankenrunde.

Hätte ich nicht damals als Versuchskaninchen in Blacksmyth' Gefängnis gedient, würde das alles für mich völlig verrückt klingen: eine Welt, die aus akzeptierten Suggestionen erschaffen wird. Nichts ist real, erst das Denken lässt es Wirklichkeit werden.

Hey … denke nicht, der Glaube wäre eine schwächliche Schwuchtel! Unser Glaube besitzt eine gewaltige Macht, er ist der stählerne Schraubstock des Spiels, der uns jede Sekunde an das Spielfeld fesselt, bis wir sterben.

Wir sterben an unseren Glaubenssätzen, dachte er, in jeder Minute stirbt jemand an einer tödlichen Illusion.

Der einzige Unterschied zwischen der Realität von Blacksmyth' Gefängnis und der Realität der Wände dieses Motelzimmers, in dem ich mich jetzt befinde, besteht darin, dass das Gefängnis sich über Nacht aufgelöst hätte, weil ich es nicht länger hingebungsvoll durch meinen Glauben verstärkt hätte. Das Motelzimmer aufzulösen würde länger dauern. Die Existenz des Gefängnisses beruhte lediglich auf meiner persönlichen Zustimmung, dieses Zimmer jedoch ist aus der Zustimmung aller Personen in der Raumzeit erbaut: *Wände schließen Dinge ein.*

Er schaltete das Licht aus. Es gibt keine Welt dort draußen, sie befindet sich ganz und gar hier drinnen, dachte er: Suggestionen werden Glaubensüberzeugungen werden Wahrnehmungen werden zu all diesen sogenannten festen Dingen auf unserem Spielfeld.

Mit diesem Gedanken schlief Jamie Forbes ein.

Nur um fünf Minuten später wieder aufzuwachen, in einem Anfall von Vernunft. Bist du verrückt, Mann? Wie kannst du denken, die Welt gäbe es nicht wirklich, das alles dort draußen entspränge deiner Fantasie? Bist du so anfällig für Suggestionen, dass bloß diese Dame daherkommen muss, behauptet, nichts sei real, und du schluckst das alles einfach so?

Froh, doch noch bei Verstand zu sein, schlief er wieder ein.

Zehn Sekunden später war er schon wieder wach. Was ist mit Relativität, Quantenmechanik, Stringtheorie? Wenn du glaubst, Suggestionen seien verrückt, was ist dann mit der Wissenschaft?

Es gibt hier in der Raumzeit nicht bloß vier Dimensionen, Leute, in Wirklichkeit sind's nämlich gleich elf, aber natürlich sind sieben davon in winzig kleine Kugeln verpackt, sodass wir sie nicht sehen können. Aber im Ernst: Es gibt sie!

Es gibt im leeren Raum Löcher, wo die Schwerkraft so stark ist, dass noch nicht einmal Licht herausdringt.

Es gibt eine unbestimmbare Anzahl von Alternativuniversen, die Seite an Seite existieren. Ist dir eigentlich klar, dass es für jedes mögliche Resultat jeder möglichen Entscheidung, die ein Mensch in diesem Universum treffen kann, ein eigenes Universum gibt? Universen ohne Zweiten Weltkrieg, Universen mit einem Dritten Weltkrieg, von dem wir nichts wissen, und einem Vierten und Fünften, Universen mit Leuten, die genau wie du sind, außer dass du in einer Milliarde von ihnen Mark heißt statt Jamie und braune Augen hast, keine blauen.

Besser, wieder einzuschlafen. Wie gelingt das jetzt?

Fünf Minuten später ärgerte er sich über sich selbst. Das ist keine Differenzialrechnung und ich bin kein Mathophobiker, dachte er, das ist supersimpel. Wie sehen wir, was wir sehen? Wie sieht ein Maler das Bild, das er malt? Der Maler macht Folgendes:

Die Leinwand betrachten.

Den Pinsel in die Farbe tauchen.

Mit dem nassen Pinsel über die Leinwand streichen.

Die Leinwand betrachten.

Den Pinsel in die Farbe tauchen.

Mit dem nassen Pinsel über die Leinwand streichen.

Die Leinwand betrachten.

Ein Pinselstrich nach dem anderen. An jedem Tag unseres Lebens.

So funktioniert das.

Hier ist dein Farbeimer, Jamie, voller bunt gemischter Suggestionen. Hier ist dein Pinsel. Hol dir aus dem Eimer, was du als wahr akzeptieren willst. Hier ist deine Leinwand: Wir nennen sie *dein Leben.*

Und jetzt versuchst du, ein Bild zu malen, okay?

Wenn du wissen willst, wie das funktioniert, dachte er, musst du weit in die Kindheit zurückgehen, in die Zeit, bevor du in die Schule kamst.

Ich bin hypnotisiert, dachte er. Ich weiß, wie sich mein Selbst, meine persönliche Erfahrung anfühlt, niemand muss mir das erklären. Akzeptiere Suggestionen, dann sind sie für dich real, und zwar jeder Pinselstrich. Es ist dreißig Jahre her, und ich erinnere mich noch gut. Ich war unfähig, damals auf der Bühne Blacksmyth' Mauer zu durchbrechen – und das, obwohl die Mauer nicht existierte und ich nur dachte, sie würde existieren.

Er wusste, dass es christliche Fanatiker gibt, die an kirchlichen Festtagen aus Wundmalen bluten, die so aussehen, wie die alten Maler sich die Nagelwunden Christi vorstellten. Wirst du zur nächsten Fanatiker-Konferenz gehen und ihnen sagen, dass das kein Blut ist, sondern Glaube? In deinem Vortrag präsentierst du ihnen die Forschungsergebnisse der Historiker, dass, wenn in der guten alten Zeit jemand gekreuzigt wurde, man ihm die Nägel nicht durch die Handflächen, sondern durch die Handgelenke schlug. Und dann fragst du sie, warum sie aus den Handflächen bluten.

Antwort? »Weil wir geglaubt haben, dass es die Handflächen waren.«

Wirst du einem todkranken Menschen sagen, dass ihn nicht die Krankheit umbringt, sondern sein Glaube?

Hast du es mit einem nachdenklichen Todkranken zu tun, wird er dir sagen: Ja, es ist mein Glaube, und das ist ein ziemlich guter Grund für mich, und ich habe die Absicht, an meinem Glauben zu sterben, wenn's recht ist! Oder bestehst du darauf, dass ich an einem anderen Glauben sterben soll, einem, den du bevorzugst, oder zu einem anderen Zeitpunkt, der besser in deinen Terminkalender passt als in meinen?

Es gibt Bücher voller Beweisfotos – hypnotisierte Versuchspersonen, die glauben, ihre Beine seien stramm mit Stricken gefesselt. Im nächsten Augenblick oder sogar noch am nächsten Tag haben sie Abdrücke dieser imaginären Stricke auf der Haut. Jemand wird mit einem Eiswürfel berührt, bekommt aber suggeriert, es sei ein heißes Eisen – und prompt bildet sich eine Brandblase. Keine Stricke vorhanden, kein heißes Eisen vorhanden … erstaunliche Kräfte des Geistes.

Keine Wunder, dachte er, sondern Hypnose. Und noch nicht einmal Hypnose, diese griechische Irreführung, sondern simple Alltagssuggestionen – Willst du einen Donut, ja oder nein? –, millionenfach auf uns einströmend und fast immer mit Ja beantwortet. Es wäre erstaunlich, wenn wir *nicht* sehen würden, was uns als real eingeredet wird!

Ist es nicht möglich, überlegte er, dass dieses ganze quantenelektrische Universum beziehungsweise die winzigkleinen

Strings, aus denen es ja angeblich besteht, *durch Gedanken* erschaffen werden statt durch blinde physikalische Zufälle? Dass die Atome durch Suggestionen arrangiert werden? Und wir hinterfragen das Ganze nicht, sondern schlecken es begierig auf und verstärken all die Freuden und Schrecken dessen, woran unsere Kultur glaubt, weil wir dann am besten lernen, wenn wir emotional an der Lektion beteiligt sind, die zu lernen wir selbst gewählt haben, und weil Glauben der Weg dorthin ist.

Das ist nicht unmöglich, keineswegs. Wir haben nicht mehr als ein Leben, dachte er, aber es steht uns frei, zu glauben, wir hätten mehrere, Atemzug für Atemzug, in allen schrecklichen Details. Ein Glaube an Reinkarnation ist genau das: ein Glaube, den wir so lange erleben, wie wir ihn interessant, nützlich, faszinierend finden. Doch sobald wir uns von ihm freimachen, sind die Spiele vorüber.

Wenn also die Welt um uns aus Suggestionen gemacht ist, und zwar aus Abermillionen von ihnen, was *ist* denn dann eine Suggestion überhaupt?

Er rätselte in der Dunkelheit an dieser Frage herum, schlief darüber ein und purzelte im Traum Gedankentreppen hinunter.

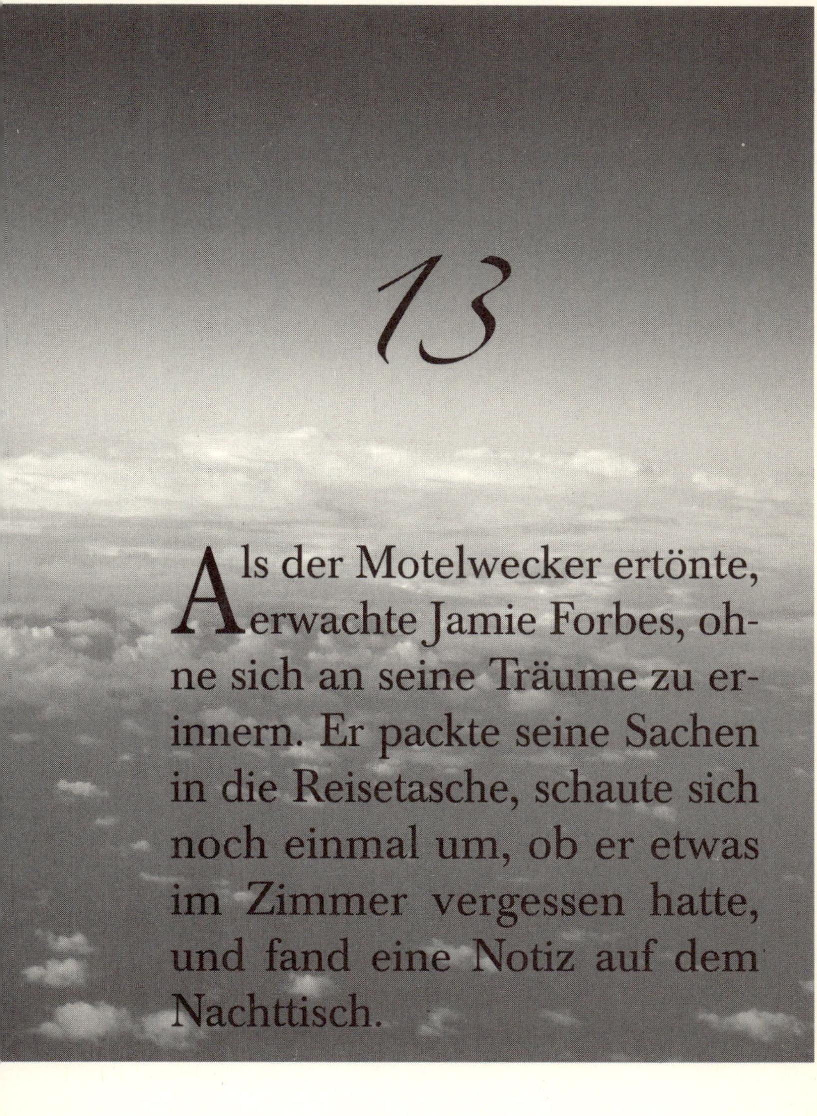

13

Als der Motelwecker ertönte, erwachte Jamie Forbes, ohne sich an seine Träume zu erinnern. Er packte seine Sachen in die Reisetasche, schaute sich noch einmal um, ob er etwas im Zimmer vergessen hatte, und fand eine Notiz auf dem Nachttisch.

Es war seine eigene Handschrift, vergessen, kaum lesbar: Sxggxstion = jxdr Kontxkt, durcH den sich unsxrx Wxhrnehmxng andxrt!

Ja, genau das ist eine Suggestion – alles, wodurch sich unser Denken verändert und damit auch unsere Wahrnehmung. Eine Suggestion ist das Aufflackern einer Zukunft, die wir verwirklichen können.

Als er zu seinem Flugzeug kam, war ihm klargeworden, dass es in der Tat einige Kontakte gab, die seine Wahrnehmung verändert hatten: Fotos, Gemälde, Kinofilme, Computer, Schulen, Fernsehen, Bücher, Bedienungsanleitungen, Reklametafeln, Radio, Graffiti, Internet, Begegnungen, Telefonanrufe, Zeitungsartikel, Fragen, Geschichten, Märchen, Streit, wissenschaftliche Aufsätze, Reisemagazine, Kochbücher, Verträge, Visitenkarten, Vorträge, Zeitschriften, Lieder, Slogans, Gedichte, Warnungen, Spiele, Beziehungen, Partys, zufällige Gedanken, Ratschläge, Straßenschilder, Blicke, Selbstgespräche, Gespräche mit anderen, mit Tieren, Examina, Emotionen, Zufallsbekanntschaften, und er schüttete diesen See in die Ozeane, die ihm zuvor schon in den Sinn gekommen waren.

Jedes Erlebnis ist ein solcher Kontakt, dachte er, während er um das Flugzeug herumging und die Vorflugkontrolle durchführte. Jedes Ereignis ist ein Funkeln, ein Mittagsglitzern auf endlos sich kräuselndem Wasser, jedes Millisekunden-Aufblitzen eine Möglichkeit.

Er kniete sich hin, um das linke Hauptfahrwerk zu prüfen, die Bremsleitung, den Reifen. Der Reifen ist ein bisschen abgenutzt, dachte er, und im Tageslicht wurde ihm klar: Das ist eine Suggestion.

Jede Suggestion ist selbstverstärkend.

Der Reifen ist zu abgenutzt?

Wenn ja: *zu abgenutzt.*

Nächste Suggestion: *Nicht starten. Den Reifen wechseln lassen.*

Um den Reifen wechseln zu lassen, muss ich mir einen Mechaniker suchen, der diese Arbeit übernimmt, den passenden Reifen beschaffen, wenn sie ihn hier nicht auf Lager haben, noch mindestens eine Übernachtung dranhängen, eine unbekannte Anzahl von Leuten treffen und mit ihnen reden, die ich sonst niemals getroffen hätte und von denen jeder mit einem einzigen Wort mein Leben ändern kann, so wie die Anhalterin in North Platte.

Mein Leben verändert sich bereits jetzt, wenn ich wegen des Reifens einen Tag länger bleibe, oder drei Tage oder zwanzig Minuten … neue Ereignisse lösen weitere neue Ereignisse aus, von denen jedes einzelne das Resultat einer *als wahr akzeptierten Suggestion* ist.

Oder:

Wenn nicht: *Reifenzustand normal.*

Jede Suggestion ist *selbstverstärkend.*

Nächste Suggestion: *Wie geplant starten.*

(Billionen Suggestionen in der Kiste *Etwas anderes tun* werden damit ignoriert. Sie verstärken sich nicht und bleiben wirkungslos.)

Wenn dann aber der Reifen bei der nächsten Landung platzt, könnte das sehr unangenehme Folgen haben.

Suggestion: *die ursprüngliche Suggestion überdenken.*

Wenn ja: *Zeit vergeht, das Wetter ändert sich, die Sonne steigt höher, Zufallsmuster wandeln sich.*

Wenn nein: *Fortfahren wie zuvor beabsichtigt.*

Nächste Suggestion: *Die Vorflugkontrolle abschließen.*

Die Suggestion einstweilen ignorieren.

Stattdessen eine andere Suggestion akzeptieren und über dieses Bild nachdenken, das verrückt scheint, es aber vielleicht nicht ist:

Jede Suggestion in jeder Sekunde, dachte er, jede Entscheidung, die wir treffen oder nicht treffen, balanciert auf der Nadelspitze unserer davor getroffenen Entscheidung, und bei jeder dieser Entscheidungen entscheide ich und niemand sonst, was für mich wahr ist. Niemals trifft ein anderer Mensch eine Entscheidung für mich: Wenn ich einen Ratschlag annehme, bin ich selbst es, der beschließt, diesem Rat zu folgen. Ich hätte Nein sagen und tausend andere Wege gehen können.

Nenne Suggestionen »Hypnose« und plötzlich hast du ein Etikett, nach dem du gesucht hast, ein Muster – und die Puzzleteile fügen sich zusammen. Tag für Tag geht jeder Mensch auf der Welt immer tiefer in seine eigene Trance hinein. Jeder Mensch hat seine eigene Geschichte über sich selbst, an die er glaubt.

Meine Geschichte heute, dachte er, heißt *Ein Mann auf der Reise* und geht so: Jamie Forbes fliegt durch eine Wolke von Entscheidungen, die unterschiedliche Veränderungen nach sich ziehen, die zu einem anderen Leben führen als das, das er haben würde, wenn der Reifen des linken Hauptfahrwerks zwei Millimeter weniger Profil hätte.

Jedes Ereignis ist eingepresst zwischen dem unmittelbar vorangegangenen und dem unmittelbar folgenden, dachte er, und alle wirken sie zusammen.

Von oben gesehen ist unser Leben dieses gewaltige Feld von zusammenwirkenden Ereignissen, Blumen, die aus den Entscheidungen erblühen, die wir basierend auf Suggestionen treffen, die wir basierend auf unserem Glauben akzeptiert haben, dass die Erscheinungen, die uns umgeben, real sind, oder nicht.

Der linke Reifen könnte bei der nächsten Landung platzen, er könnte aber auch noch für fünfzig weitere Landungen gut sein … sanfte Landungen … Ich brauche überhaupt keinen neuen Reifen.

Das entschied Jamie Forbes an jenem Morgen, während er neben dem linken Fahrwerksbein kniete. Dieser Reifen ist okay. Ich werde sanft landen. Lebt wohl, andere Zukünfte, die gerade von mir zurückgewiesen wurden.

Was hat diese Anhalterin mit mir gemacht?

Ehe ich fliegen lernte, konnte ich kein Flugzeug vom anderen unterscheiden. Jetzt kann ich es. Ehe ich Graphologie studierte, achtete ich nie auf die Handschrift anderer Menschen. Jetzt interessiere ich mich dafür. Ehe Dee Hallock mir sagte, dass Suggestionen der Ursprung dieser Welt sind, war ich blind für den ständig heranrollenden Suggestions-Platzregen. *Jetzt sehe ich ihn!*

Auch das, was sie das Gesetz der Anziehung nennen (»Alles, worauf wir uns häufig gedanklich konzentrieren, nimmt in unserem Leben reale Gestalt an«), ist eine Suggestion. Jedes Mal wenn ich es ausprobiere und es funktioniert, haben wir eine Suggestion. Jedes Mal wenn ich es ausprobiere und es funktioniert nicht, haben wir eine andere. Wenn ich es ignoriere, geschieht nichts … mein Leben ändert sich nicht, Sekunde für Sekunde, bis zu dem Augenblick, in dem ich etwas tue, weil ich es irgendwie für eine gute Idee halte.

Nachdem der Pilot den Außencheck abgeschlossen hatte, verstaute er seine Tasche im Flugzeug, öffnete die Kabinenhaube und kletterte ins Cockpit.

Wie allen anderen auf dem Planeten ergeht es auch mir, dachte er: Die Welt, die ich um mich herum sehe, ist meine eigene Trance-Vision, materialisiert aus der Unmenge von Suggestionen, die ich auf meinem Lebensweg akzeptiert habe. Sobald ich Ja sage, geht es weiter, zäh wie Sirup oder blitzschnell.

Meine ganze Welt besteht also aus akzeptierten Vorschlägen, und diese werden zu Annahmen und Überzeugungen und schließlich zu meiner persönlichen, privaten exklusiven Wahrheit.

Meine positiven Wahrheiten – »ich kann …« – öffnen den Weg für weitere Suggestionen, für neue Möglichkeiten. Meine negativen Behauptungen – »ich kann nicht« – versperren den Weg und beschränken meine Möglichkeiten.

Ich bin Bewohner eines psychosomatischen Planeten, dachte er.

Und was nun?

Jamie Forbes betätigte den Anlasser und erweckte den Motor zum Leben. Der Pilot akzeptierte seine eigene Suggestion: Verschieben wir die Reorganisation des Universums auf später und fliegen wir für eine Weile.

14

Im Tiefflug brauste er nach Südosten, über menschenleeres Land, Flüsse und Wälder und Wildnis, alte, brach liegende Äcker glitten unter der Maschine dahin, gingen über in Viehweiden.

Es war so, wie man nachts in seinen Träumen fliegt, allerdings mit der Ausnahme, dass man in seinem Träumen nicht nach Notlandeplätzen Ausschau hält für den Fall, dass der Motor streikt.

Also bin ich ein hypnotisierter Bewohner eines psychosomatischen Planeten, dachte er, so wie alle anderen. Was macht denn diese Erkenntnis für einen Unterschied?

In diesem Moment hörte der Pilot zum ersten Mal eine neue Stimme in seinem Geist. Nicht das innere Affengeschnatter, das ihn stets begleitete, nicht sein Ich-fliege-das-Flugzeug-für-dich-Copiloten-Selbst, nicht sein rationales Lass-uns-dieses-Rätsel-zusammen-lösen-Selbst. Es fühlte sich wie eine ganz andere Sorte Bewusstsein an, ein höheres inneres Selbst als die anderen.

Was nun? Das ist doch sonnenklar, sagte es. *Du selbst bist es, der dich in das Leben hineinhypnotisiert hat, das du jeden Tag lebst.*

Und jetzt kommt's: Du kannst dich enthypnotisieren.

Nimm dir, bitte, alle Zeit der Welt und denke darüber nach, was das bedeuten könnte.

Er zog am Steuerknüppel, das himmelblaue Flugzeug hob die Nase, um einem einsamen Telefonmast auszuweichen, und sank dann wieder, um seinen Tiefflug über die Wiesen fortzusetzen. Wenn er heute mit knapp dreihundert Stundenkilometern in nur fünfzehn Metern Höhe dahinflog, fühlte sich das viel schneller an als vor vielen Jahren Mach 2 in zehn Kilometern Höhe. Er akzeptierte das, also war es für ihn wahr.

Warum sehe ich überall Suggestionen, seit ich Dee Hallock begegnet bin?

Und wie soll ich das denn anstellen, mich selbst enthypnotisieren? Mein ganzes Leben rückwärts laufen lassen? Sagen wir, ich habe bisher zwei oder drei Milliarden Suggestionen akzeptiert, infolge denen meine Welt so ist, wie sie heute zu sein scheint, wie soll ich denn all das ändern?

Sterben wäre eine Möglichkeit.

Wie es scheint, weckt das die meisten Leute schlagartig aus ihrer Trance, und sofort geraten sie in eine andere. Aber wenn man …

… *KABEL!*, kreischte das Copiloten-Bewusstsein, *VORSICHT! KABEL!*

Kein Grund zum Schreien. Der Pilot sah sie rechtzeitig. Er hatte alle Zeit der Welt, um den Hochspannungsleitungen nach oben auszuweichen. Mühelos stieg die Maschine über sie hinweg und jagte dann wieder im Tiefflug über das menschenleere Weideland.

Viel besser, danke, sagte der Copilot. Gib acht, wenn du ans Sterben denkst. Hier gibt's nicht nur Hochspannungsleitungen, sondern auch Sendemasten. Aber nicht die Masten sind gefährlich, denn sie übersieht man nicht so leicht …

… es sind die Kabel zwischen ihnen. Ich weiß.

Hör jetzt auf, ans Sterben zu denken, bitte, und achte auf die Kabel. Wenn man tief fliegt, muss man die Landschaft im Auge behalten. Du könntest mir ruhig ein bisschen dabei helfen.

Jamie Forbes löste das Problem, indem er am Steuerknüppel zog. Augenblicke später flog die Maschine in sicherer Höhe über den Hochspannungsmasten, die sich ihm wie Klauen entgegenstreckten. Er flog eine langsame Linkskurve und folgte einem Fluss, der in Richtung Südosten mäanderte. Das Piloten-Bewusstsein entspannte sich.

Bei der Air Force sind wir niemals so geflogen. Wenn wir starteten, wussten wir immer im Voraus, wo wir landen würden, wie weit das Ziel auch entfernt sein mochte. Bei einem militärischen Flugplan gibt es kein *Das entscheiden wir unterwegs.*

Doch das lag lange hinter ihm. Als Zivilpilot konnte er starten und landen, wie er wollte, vorausgesetzt, das Wetter war gut. Darüber, wo er landen wollte, konnte er sich eine halbe Stunde vorher Gedanken machen. Solange man die ungefähre Richtung wusste, in die es gehen sollte, war das kein Problem. Es gab im ganzen Land nur wenige Orte, die mehr als zwanzig Minuten von einem kleinen Flugplatz entfernt lagen.

Sein neues höheres Bewusstsein hatte wenig Interesse an Flieger-Smalltalk. *Willst du wissen, wie du dich selbst enthypnotisieren kannst?*

Nein, dachte er.

15

Jamie Forbes landete in Pine Bluff, Arkansas, um aufzutanken. Die Piste des Flugplatzes schwamm gewissermaßen auf einer weiten Wiese, die smaragdgrün war und perfekt gemäht.

Nette Leute traf er dort, freundlich gegenüber Fremden, wie es auf kleinen Flugplätzen meistens der Fall ist.

»Wohin sind Sie unterwegs?«

»Florida.«

»Langer Flug.«

»Ja. Ich komme aus Seattle.«

Ein Lachen. »Na, das ist *echt* lang!«

Man wechselte ein paar Worte übers Wetter, berichtete ihm auf seine höfliche Nachfrage ein wenig aus der Fliegerei-Historie von Pine Bluff, versorgte ihn mit Flugbenzin, und dann ließ er den Motor an und schwebte wieder davon.

In 300 Metern Höhe Übergang in den Reiseflug, alle Instrumente okay.

Willst du wissen, wie du dich selbst enthypnotisieren kannst?

Ich rede nie wieder mit dir, dachte er. Das meinte er nicht wirklich und beschloss, von nun an vorsichtiger mit seinen Suggestionen zu sein, selbst mit den nicht ganz ernst gemeinten. Suggestionen waren mächtig.

Okay. Ich bin einverstanden, noch ein paar Jahre als Sterblicher meinen Weg zu gehen – wie kann ich mich also unter dieser Voraussetzung enthypnotisieren, ohne mich zugleich zu entsterblichen?

Das musst du nicht.

Verstehe ich nicht.

Natürlich verstehst du es. Du tust genau das, was du gesagt hast, Jamie. Du entsterblichst dich!

Er lachte. Dieses seltsame Gespräch war anders als alle anderen Selbstgespräche, die er bisher geführt hatte, und es machte Spaß. Öldruck gut, Öltemperatur normal.

Aber wie soll ich mich entsterblichen, ohne zu sterben? Wie ist dein Plan?

Tue so, als wäre nichts, was auf diesem Flug geschehen ist, ein Zufall. Tue so, als wäre es eine Lektion, die sich zum genau richtigen Zeitpunkt in deinem Leben entfaltet, und zwar jetzt.

Wenn du berücksichtigst, was du in den letzten vierundzwanzig Stunden gehört hast, wie bist du eigentlich ein Sterblicher geworden?

Ich wurde hypnotisiert, dachte er, ich habe zig Milliarden Suggestionen akzeptiert, dass ich sterblich bin und nicht reiner, leuchtender Geist.

Wie hat Sam Black dich von deinem Glauben befreit, in einem Gefängnis festzusitzen?

Er schnippte mit den Fingern.

Und damit erinnerte er dich daran, wer du bist, dass du dir ein Ticket gekauft hattest, um eine unterhaltsame Show zu erleben, und dass du dich freiwillig als Versuchsperson gemeldet hattest.

Also enthypnotisiere ich mich, indem ich mich erinnere …?

… daran, wer du warst, ehe die Show begann. Affirmationen. Gegenhypnose. Ständig wiederholte Bejahungen. Du kannst dich enthypnotisieren, indem du negative Suggestionen aufgibst und sie durch positive Gegensuggestionen ersetzt.

Zum Beispiel durch die Suggestion, dass ich nicht sterblich bin?

Dass du es nicht bist, ist eine Tatsache. Möchtest du wissen, wie sich das anfühlt? Dann leugne Suggestionen, die dir einreden wollen, du wärst weniger als reiner Geist, bejahe, dass du ein geistiges Wesen bist, immer warst und immer sein wirst, und zwar auch dann, wenn dein Geist sich dafür entscheidet, Sterblichkeitsspiele zu spielen.

Jeder Spieler besitzt ein Leben außerhalb des Spiels. Sogar du.

Interessant. Er zog einen Stift aus seiner Ärmeltasche und notierte sich diesen Gedanken auf die Flugkarte, nicht weit weg von dem Städtchen Grove Hill, Louisiana: *Ich bin Geist. Alles andere leugne ich.*

Als da wäre?

Weiß nicht, habe keine Lust auf solche Fragen.

Als da wäre … »Ich bin kein begrenztes Bewusstsein, eingeschlossen in einem begrenzten Körper, der durch Krankheiten und Unfälle bedroht ist.«

Das ist wirklich eine hübsche Leugnung. Jetzt deine Affirmation, bitte.

Er überlegte. Ich bin bereits Geist, hier und jetzt. Vollkommen. Unsterblich.

Nicht schlecht. Jetzt hast du die Definition deiner selbst von gefangen zu frei umgewandelt. Und das musst du einfach immer wieder tun – ohne Unterlass und unverzüglich alle Suggestionen zurückweisen, dass du sterblich seist. Jedes Mal wenn dir eine negative Affirmation bewusst wird, die dein Selbstgefühl beeinträchtigt.

Warum?

Um das herauszufinden, musst du es einfach tun.

Woher weiß ich, dass es wahr ist?

Im hypnotisierten Zustand weißt du es nicht. Du kannst nicht beweisen, dass du ein geistiges Wesen bist. Da die meisten Leute Angst haben, sich zum Narren zu machen, akzeptieren sie die Suggestion, sie wären einfach irgendein Körper, der die Zeit totschlägt, bis sie ihn totschlägt.

Aber das sind sie nicht.

Es besteht kein Grund zur Eile. Du wirst dir beweisen, dass du Geist bist, wenn du stirbst.

Du willst, dass ich mich zum Narren mache?

Ich glaube nicht an Körper, Jamie, aber du glaubst an sie, also musst du es mir sagen. Wie kann es wehtun, sich mit dem unzerstörbaren Geist zu identifizieren statt mit den vergänglichen Glaubenssätzen der Raumzeit?

Dieses höhere Selbst ist wirklich ein sonderbares Bewusstsein, dachte er. Wenn ich also nicht sterblich bin, warum hast du dann gesagt, dass ich auf die Hochspannungsleitungen aufpassen soll?

Das habe ich nicht. Das war dein bestens trainierter Copilot, der auf dein an die eigene Sterblichkeit glaubendes Selbst aufpasste, während du dabei warst, einige lebensverändernde Ideen zu entdecken und dich zu enthypnotisieren. Solange du glaubst, dass du durch plötzlichen Tod bedroht bist, warnt dein Copilot dich, wenn … ACHTUNG! STROMMAST!

Der Pilot hob ruckartig den Kopf und suchte in Windeseile nach Stromleitungen. Wo sind die verdammten Kabel?!

War bloß ein kleiner Scherz, sagte sein höheres Selbst.

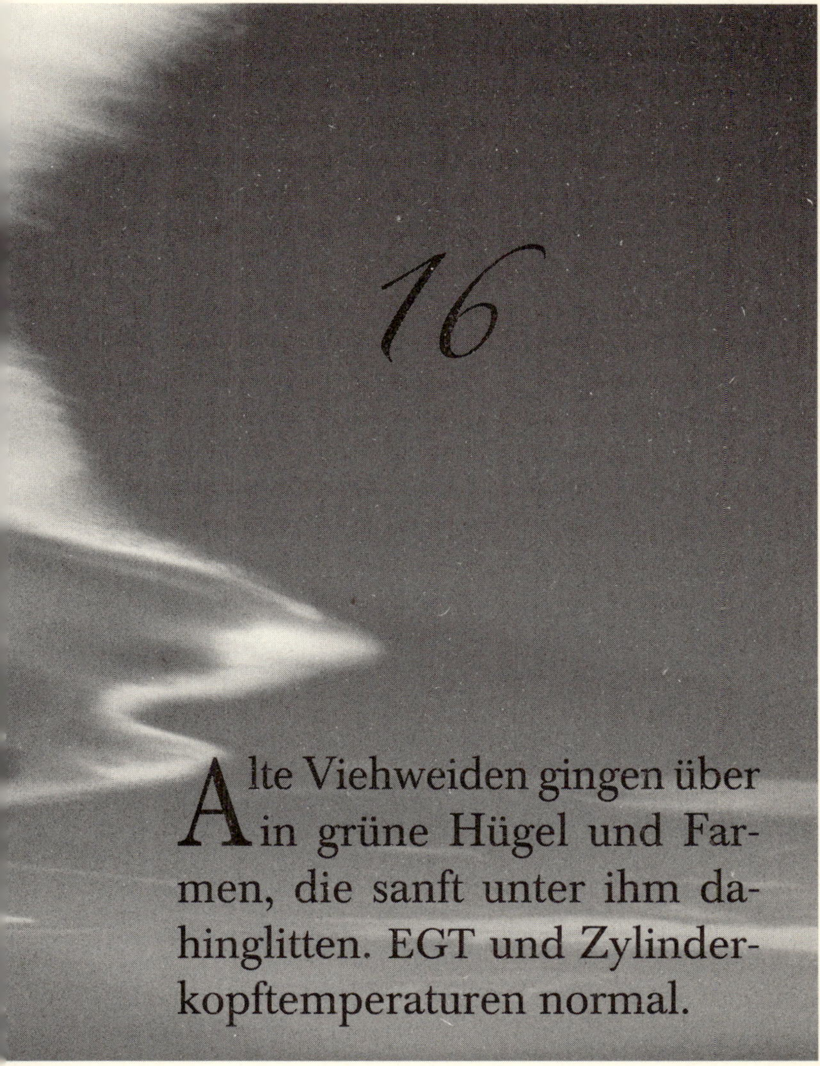

16

Alte Viehweiden gingen über in grüne Hügel und Farmen, die sanft unter ihm dahinglitten. EGT und Zylinderkopftemperaturen normal.

Das GDA. Du weißt, wie es funktioniert.

Keine Ahnung, dachte der Pilot, der Spaß an diesem neu entdeckten Aspekt seines Selbst hatte. GDA. Das ist kein Akronym aus der Luftfahrt. Was soll das sein? Große Daten-Autobahn?

Gesetz der Anziehung.

Ah, natürlich. Gesetz der Anziehung: Alles, worauf wir uns häufig gedanklich konzentrieren, nimmt in unserem Leben reale Gestalt an.

GDA. JWD.

Was ist JWD?

Jetzt weißt du's.

Jetzt W ich was?

Kannst du denn nicht eins und eins zusammenzählen, Jamie? Glaubst du wirklich, es gab keinen Grund dafür, dass du ihr begegnet bist?

Er wusste, dass es für seine Begegnung mit der Anhalterin einen Grund geben musste, aber an diesem Nachmittag beschäftigten ihn andere Dinge noch mehr als das Geheimnis von Dee Hallock.

Ich fliege hier gerade ein Flugzeug, höheres Selbst. Vielleicht bist du so nett und sagst mir einfach in simplen Worten, was in meinem Kopf vorgeht.

Soweit ich weiß, und ich weiß ziemlich viel darüber, benötigst du momentan nur zwei Prozent deiner Aufmerksamkeit, um dieses Flugzeug zu bedienen. Du fliegst es nicht, es fliegt sich selbst.

Du bestimmst nur den Kurs, und wenn die Flugzeugnase in die richtige Richtung zeigt …

Na gut, rief er im Stillen, ich sage dir, was ich weiß!

Er wusste nicht, was er eigentlich wusste, aber sofort, als er begann, wusste er, dass er es herausfinden würde. Das hatte in seinem Leben schon so oft funktioniert, dass er auch diesmal auf diesen seltsamen Prozess vertraute und ihn aktivierte, umschaltete von Gedanken auf Worte.

»Was haben die Die-Welt-ist-wie-sie-ist-Suggestionen mit dem Gesetz der Anziehung zu tun?«, sagte er laut, und sofort, als er es ausgesprochen hatte, ordneten sich seine Gedanken, und die ganze Struktur offenbarte sich ihm klar und wahr. Warum habe ich das nicht schon vor hundert Jahren erkannt?

Gesetz der Anziehung: Alles, was wir immer wieder visualisieren, alles, worauf wir uns immer wieder gedanklich konzentrieren, verwirklicht und manifestiert sich früher oder später in unserer Erfahrung.

– plus –

Hypnose ist Visualisierung, gedankliche Konzentration: Sie ist das Gesetz der Anziehung mit Turbolader. Wenn wir hypnotisiert sind, hören, riechen, schmecken, berühren wir die Suggestionen, die wir in unser Bewusstsein einlassen, und zwar nicht früher oder später, sondern sofort.

Zum Glück für Jamie Forbes reagiert ein Flugzeug nicht schneller auf Gedanken als das GDA, sonst wäre die T-34 mitten in der Luft in einer plötzlichen Erkenntnis-Explosion verschwunden. Das GDA ist keine Magie, kein geheimes kosmisches Rätsel. Das Gesetz der Anziehung sind akzeptierte Suggestionen, auf die wir uns immer wieder konzentrieren. GDA ist das Akronym für: Ich werde durch jede Suggestion in Trance versetzt, die ich akzeptiere.

Dieses Gesetz der Anziehung ist dasselbe wie, ja, *es ist die Definition für Hypnose!*

Präziser formuliert – und manchmal war er durchaus zu präzisem Denken fähig – ist das Gesetz der Anziehung Autosuggestion: Es ist ein Gebäude aus Selbsthypnose, das nach einer gewissen Zeit auch für andere sichtbar wird.

Das ist nur für jene Leute erstaunlich, die überzeugt sind, die Welt wäre aus Holz, Stein und Stahl gemacht. Es verwundert uns nur dann, wenn wir uns noch nie ernsthaft gefragt haben, ob unsere Welt möglicherweise ganz anders ist, als sie zu sein scheint.

Davon abgesehen ist das Gesetz der Anziehung reine Routine, denn *natürlich* sehen wir in Trance lebenden Versuchspersonen immer nur Visionen, denen wir innerlich zugestimmt haben.

✈

Er flog in die Platzrunde von Magee, Mississippi, ein und genoss die Herausforderung, bei kräftigem Westwind in nördlicher Richtung zu landen.

Er löste das Problem mithilfe eines Sideslips: Er flog während des gesamten kurzen Endanflugs mit hängender linker Tragfläche. Durch diese unnatürliche Seitenneigung blieb die Maschine trotz des Seitenwindes gerade zur Landebahn ausgerichtet, bis das linke Hauptfahrwerk den Boden berührt hatte. Erst dann setzte das rechte Hauptrad sanft auf, und zuletzt das Bugrad.

Er tankte die T-34 auf und ließ sich mit dem Taxi in ein Motel bringen. Die ganze Zeit über durchströmte ihn ein Wirbel des Verstehens, eine Sturm-Trance.

Er checkte ein, nahm seinen Zimmerschlüssel entgegen und ging an einem Verkaufsständer mit Taschenbüchern vorbei. *Kaufe dieses Buch*, riet ihm eine innere Stimme.

Ich habe doch schon ein Buch dabei. Der Schatten seines alten Selbst, das nach Gründen für selbst die kleinsten Entscheidungen verlangte.

Kaufe es trotzdem, das blaue. Er kaufte es und fragte sich glücklich, warum.

In seinem Zimmer klopfte er leise gegen die Wand. »Es ist *so ... einfach*!«

Anziehung mit Turbolader, in der Tat. *So also funktioniert die Welt!* Er konnte zaubern.

»Hallo, Gwendolyn Hallock!«, sagte er laut.

Er spürte ihr Lächeln, hörte ihre Stimme in seinem Kopf: *Ich halte mein Versprechen.*

»Hallo, Großer Blacksmyth!«

Sind wir uns vor diesem Abend schon einmal begegnet?

»Ja«, rief der Pilot leise aus, »ja, Sam Black, das sind wir!«

Schlage das Buch irgendwo auf.

Der Pilot hatte das Buch aufs Bett geworfen. Jetzt nahm er es, schlug wahllos eine Seite auf, neugierig und voller Vertrauen. Die Worte, die er las, waren Wissenschaft, nahrhaft wie Schwarzbrot für den Hungernden:

> Wir sind Fokuspunkte des Bewusstseins, enorm kreativ. Wenn wir die von uns selbst erschaffene Hologramm-Arena betreten, die wir die Raumzeit nennen, beginnen wir sofort, ein wildes Feuerwerk von *Kreatonen*, also Kreativitäts-Partikeln, zu erzeugen.

Kreatonen besitzen keine eigene Ladung, sondern werden durch unsere Abneigungen und Vorlieben polarisiert. Durch die Kraft unserer Entscheidungen und Wünsche verwandeln sie sich in Wolken von Konzeptonen, eine Familie hochenergetischer Teilchen, deren Ladung positiv, negativ oder neutral sein kann.

Meine Abneigungen und Vorlieben, Entscheidungen und Wünsche, dachte Jamie Forbes. Natürlich! Ob bewusst oder unbewusst – von ihnen hängt es ab, welche Suggestionen ich akzeptiere. Sie beeinflussen diese kleinen Strings, diese Gedanken-Partikel, die der Autor wie nennt? Er las den Satz noch einmal: *Kreatonen.*

Zu den häufig anzutreffenden positiven Konzeptonen zählen *Heiteronen*, *Inspironen*, *Rhapsodionen*, *Freudonen*. Häufige negative Konzeptonen sind *Depressonen*, *Traumatonen*, *Quälonen*, *Miserablonen*.

Das, was ich im Moment verspüre, sind bestimmt Inspironen, dachte er.

Unzählige Konzeptonen werden in pausenlosen Eruptionen erschaffen, eine brodelnde Kaskade der Kreativität, die sich aus der Mitte eines jeden persönlichen Bewusstseins ergießt. Sie ballen sich zu *Konzeptonwolken*, die entweder neutral oder stark geladen sein können – federleicht schwebend oder bleischwer, je nach der Natur der in ihnen vorherrschenden Partikel.

In jeder Nanosekunde erreichen unzählige Konzeptonwolken ihre kritische Masse und transformieren zu Quanten-Ausbrüchen hochenergetischer Wahrscheinlichkeitswellen, die mit Tachyonengeschwindigkeit ein ewiges Reservoir an supergesättigten Alternativereignissen durchstrahlen.

Für einen Moment verschwand die Buchseite, und er sah stattdessen das Feuerwerk in seinem Geist, mikroskopische Actionfilme aus dem inneren Orbit.

Abhängig von ihrer Ladung und Natur, bewirken die Wahrscheinlichkeitswellen, dass bestimmte dieser potenziellen Ereignisse, die zu der geistigen Polarität des jeweiligen schöpferischen persönlichen Bewusstseins passen, kristallisieren und in holographischer Form in Erscheinung treten.

Das versetzt mich in die Lage, Flugzeuge zu fliegen. Geistige Polarität. Visualisierung. Meine eigene Autosuggestion bewirkt, dass aus Gedanken-Partikeln … wie nennt er es? … *Wahrscheinlichkeitswellen* werden. Dieser Bursche ist sich dessen vielleicht nicht bewusst, aber er beschreibt, wie es funktioniert: tagtägliche Hypnose, Suggestion, das Gesetz der Anziehung.

Die materialisierten Ereignisse werden dann zur konkreten Lebenserfahrung dieses individuellen Bewusstseins, befrachtet mit allen Aspekten physikalischer Struktur, die notwendig sind, um diese Ereignisse für das erschaffende Bewusstsein real und lehrreich zu machen. Dieser sich selbst regulierende

Prozess ist die Quelle aller Objekte und Ereignisse, die auf der Theaterbühne der Raumzeit in Erscheinung treten.

Das Überzeugende an der Kreatonen-Hypothese ist ihre persönliche Nachprüfbarkeit. Die Hypothese sagt vorher, dass wir, wenn wir unsere bewusste Absicht auf Positives und Lebensbejahendes fokussieren, massenweise positive Konzeptonen polarisieren, sodass die entsprechenden wohltätigen Wahrscheinlichkeitswellen erfreuliche Ereignisse in unser Leben bringen, die sonst nicht realisiert würden.

Das ist keine Hypothese, dachte der Pilot, es ist Gesetz. Das ist doch klar, dachte er. Reale Gesetze kann man sich selbst beweisen.

Im Umkehrschluss verhält es sich so auch mit der Hervorbringung eines negativen Ereignisses oder eines Ereignisses von neutral polarisierter Mittelmäßigkeit. Durch Fahrlässigkeit oder Absicht, unbewusst oder gezielt, wählen wir nicht nur unsere äußeren Lebensumstände, sondern erschaffen sie, und zwar stets in Resonanz zu unserem inneren Seinszustand.

Das ist es also: Wir erschaffen. Unser innerer Seinszustand. Den projizieren wir in das, was unsere Umwelt zu sein scheint.

Niemand ist passiv, niemand ist bloßer Zuschauer, niemand ist ein Opfer.

Wir erschaffen. Objekte, Ereignisse.

Was sonst ist da noch? Lektionen. Objekte und Ereignisse sind gleich den Erfahrungen, die wir machen, und den Lehren, die wir daraus ziehen. Oder eben nicht ziehen, was dazu führt, dass wir andere Objekte und Ereignisse erschaffen, um uns erneut selbst zu testen.

War das Zufall? Von allen Seiten, die er hätte aufschlagen können, in einem Buch, dass er auf eine innere Eingebung hin gekauft hatte, geriet er ausgerechnet an diese eine von – er schaute am Buchende nach – 397 Seiten. Die Chancen hatten also 400 zu 1 gestanden. Und dieses eine Buch unter … wie vielen? Kein Zufall, dachte er, Fügung, Bestimmung. Das Gesetz der Anziehung in Aktion.

Das war Gwendolyn Hallocks Theorie.

Es ist keine Theorie, flüsterte sie, *es ist Gesetz.*

17

Nachdem Jamie Forbes am nächsten Morgen die Abdeckplane von der Kanzel entfernt und im Gepäckfach verstaut hatte, kletterte er einmal mehr ins Cockpit seines Flugzeugs, leicht besorgt wegen des auf dem Flug zu erwartenden Wetters.

Eine Kaltfront hatte sich festgesetzt, über Alabama türmten sich Wolken auf, Gewitter mit Kilotonnen von Blitzladungen entluden sich und wirbelten den Himmel durcheinander. Das war nicht gerade ein Willkommensgruß für kleine Flugzeuge.

Gemisch – REICH
Propellerhebel – GRÖSSTE STEIGUNG
Magnete – BEIDE
Batterie – EIN
Benzinpumpe – EIN, zwei-drei-vier-fünf, AUS
Propellerbereich – FREI
Anlasser – START

und das freundliche, von blauem Rauch begleitete Begrüßungsgrollen des Motors.

Er startete, beobachtete das Wetter voraus auf seinem Ostkurs, weiße Wolken und einige schwarze, und fragte sich, ob er besser einen Flugplan nach Instrumentenflugregeln hätte anmelden sollen angesichts dessen, was vor ihm lag.

Doch wenn man nach einem solchen IFR-Flugplan fliegt, hat man auf der Reise weniger Freiheit als beim Fliegen nach Sichtflugregeln. Deshalb hatte er sich für VFR, Sichtflug, entschieden und würde also um die Wolken herumfliegen müssen statt durch sie hindurch. Das war freier und machte mehr Spaß als das blinde Präzisionsfliegen nach Instrumenten, bei dem man draußen nichts sehen konnte.

Charles Lindbergh musste 1929 nicht auf kartografierten Luftstraßen von New York nach Paris fliegen, dachte er. Lindbergh machte sich seine Luftstraßen selbst.

Er ging auf eine angenehme mittlere Höhe, 1700 Meter, und kurvte in weiten, adlergleichen Bögen um die Wolken herum, unter sich die Wiesenflecken weiten Farmlandes, blaue Himmelsflecken über sich. Genügend Raum, um zu steigen, zu gleiten und sich zwischen Mississippi-Wattewolken einen sicheren Weg nach Osten zu suchen.

Jemand hatte beschließen müssen, dieser Mensch zu werden, dachte er. Das war keine automatische, im Voraus in Stein gemeißelte Entwicklung gewesen. Als Lindbergh mit der Fliegerei begonnen hatte, war er ein genauso unbekannter Flugschüler gewesen wie alle anderen auch. Er hatte sich dafür entscheiden müssen, Schritt für Schritt, der Mann zu werden, der mit seinem Flugzeug die Welt veränderte.

Öldruck ist gut, Öltemperatur, Benzindruck. Abgastemperatur, Benzindurchfluss, Motordrehzahl, Ladedruck.

Lindbergh musste jeden Schritt einzeln tun, Tausende von Entscheidungen auf der Basis seiner Abneigungen, Vorlieben und Wünsche treffen, um zehn Billionen Kreatonen so zu lenken, dass sich zuerst fünfhundert Dollar Bargeld und dann ein gebrauchter Curtiss-Jenny-Doppeldecker manifestierten, mit dem er an Flugshows teilnehmen, Flugunterricht erteilen und Post befördern konnte. Und während er als Pilot diesen Doppeldecker flog, machte er sich Gedanken darüber, den Atlantik allein in einem kleinen Flugzeug zu überqueren, und nicht in einem großen.

Er musste sich zwischen *Du kannst das*- und *Du kannst es nicht*-Suggestionen entscheiden. Manche dieser Suggestionen musste er ausreißen wie Unkraut, andere nähren und verstärken. Wenn er sich für *Du-kannst-es* entschied, musste er sich die entsprechende Zukunft vorstellen (wirbelnde Wolken von Freudonen, die aufblühten und sich ausbreiteten): Ein spezielles Flugzeug würde gebaut werden müssen, etwas wie das Postflugzeug M-2 von Claude Ryan zum Beispiel, aber mit nur einem Sitz. Der ganze restliche Raum würde nicht für Post genutzt werden, sondern für *Treibstoff* (explodierende Inspironen)!

Bestimmt hatte er seinen Plan während des Fliegens entwickelt, während sein innerer Copilot bei Flugshows Luftakrobatik vorführte und Passagieren die Welt von oben zeigte: Sagen wir 160 Stundenkilometer Reisegeschwindigkeit, dann brauche ich nach Paris fünfunddreißig Stunden. Fünfunddreißig Stunden Flug bei einem Verbrauch von, sagen wir, rund 45 Litern pro Stunde … das ergibt 1575 Liter, also sagen wir 1900 Liter Treibstoffbedarf. Bei 720 Gramm pro Liter sind das circa 1370 Kilo Flugbenzin. Ich muss das Benzin möglichst in Schwerpunktmitte positionieren, damit die Maschine auch bei sich leerenden Tanks im Gleichgewicht bleibt. Das Flugzeug wäre eine Art fliegender Benzintank. Es ist machbar, es ist machbar …

Hörte Lindbergh über das Getöse seines Flugzeugmotors hinweg das Zischen und Prasseln der Kreatonen?

Als er anfing, sich ernsthaft über das geeignete Flugzeug Gedanken zu machen, musste er gleichzeitig das Risiko abwägen, jener Charles Lindbergh zu werden, der über dem Ozean verloren ging bei seinem verrückten Versuch, den Flug mit einem einmotorigen Flugzeug zu wagen, noch dazu mit einem *Eindecker*, wo doch jedermann wusste, dass sich eine solche Strecke nur mit einem mehrmotorigen Doppeldecker bewältigen ließ. Nach Paris mit nur einem Motor – der Kerl war offensichtlich völlig verrückt, da ist es kein Verlust, wenn jetzt ein Charles-wie-war-sein-Name weniger den Himmel unsicher macht.

Um zu vermeiden, dieser zukünftige Charles zu werden, hatte der Postflieger sich vermutlich gedacht: Mein Flugzeug wird einen zuverlässigen Motor brauchen, vielleicht den neuen Wright Whirlwind …

Durch Entscheidung auf Entscheidung wurden Ideen zu Kreatonen wurden zu Konstruktionszeichnungen und schließlich zu geschweißtem und mit Stoff bespanntem Stahlrohr, wurden zur *Spirit of Saint Louis.*

Es ist Zeit, höher hinaufzusteigen, entschied Jamie Forbes, als sich vor ihm die Wolken zu stürmischen Wällen auftürmten.

Gemisch reich, Propeller größte Steigung, Gashebel auf volle Leistung. So verlief Jamie Forbes' Tag: nachdenklich, und ein Steigflug auf 3800 Meter, der ihn über die Wolken trug, wo er das dunkel getönte Visier seines Pilotenhelms herunterklappte, um seine Augen vor der Helligkeit zu schützen.

Jemand musste sich entscheiden, dieser Charles Lindbergh zu werden, der seine eigenen Suggestionen akzeptierte, sich selbst dazu hypnotisierte, das zu tun, was er tun wollte, und damit Geschichte zu schreiben. Und unter all den vielen Menschen auf der Welt hatte dieser Jemand, der diese Entscheidung traf, eben gerade im Bewusstsein Charles Lindberghs gewohnt.

Welche Suggestionen akzeptiere ich, dachte er, was will ich verändern? Wer will ich sein? Es ist meine Entscheidung.

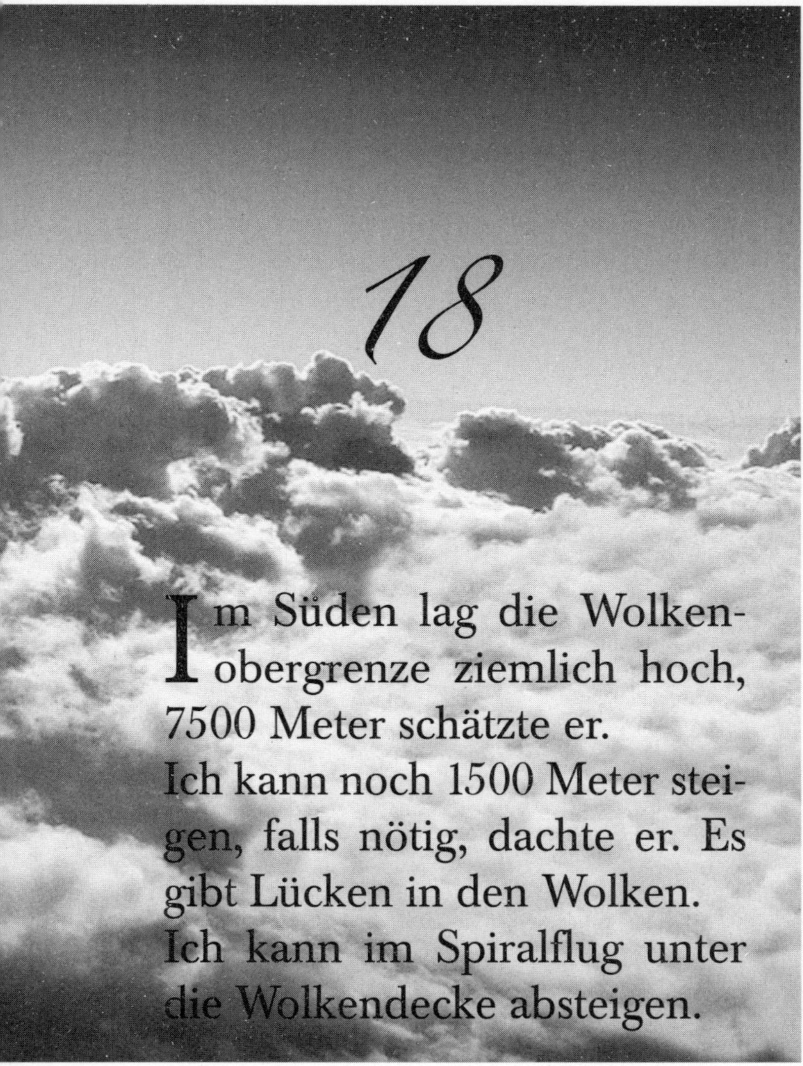

18

Im Süden lag die Wolkenobergrenze ziemlich hoch, 7500 Meter schätzte er.
Ich kann noch 1500 Meter steigen, falls nötig, dachte er. Es gibt Lücken in den Wolken.
Ich kann im Spiralflug unter die Wolkendecke absteigen.

Und ich kann immer noch über Funk einen Instrumentenflug anmelden, wenn das notwendig werden sollte.

Am Abend zuvor hatte er für den Fall, dass der Himmel sich völlig mit Wolkensuppe füllte, einen Backup-Flugplan aufgegeben. Ein Funkruf genügte, und er konnte im kontrollierten Luftraum mit diesem Flugplan fliegen, nach Instrumentenflugregeln durch die Wolken nach Marianna in Florida.

Das war Plan C.

Doch einstweilen konnte er noch auf 3800 Metern in klarer Luft fliegen und musste dabei nur gelegentlich Wolkengipfeln ausweichen.

Der Große Blacksmyth hat sich geradewegs aus seinem Körper heraushypnotisiert. Das will ich nicht. Dafür gefällt mir das Spiel hier viel zu gut. Mir gefällt mein Leben als Pilot und Fluglehrer.

Und wenn Sam sich selbst entsterblicht und damit den allgemeinen kulturellen Glaubenskonsens verlassen hat, ist er dann nicht sofort in einem anderen Glaubenskonsens wieder aufgetaucht, in der kollektiven Suggestion eines neuen Spiels, genannt »Jenseits« oder »Leben nach dem Tod«?

Und da gibt es dann wieder ein ganzes Set von Möglichkeiten, die man akzeptieren oder zurückweisen kann: Da können wir dann glauben, dass wir reiner Geist sind, frei von den Grenzen der Sterblichkeit, von Gesetzen, die eine Stunde zuvor noch unüberwindlich schienen. Die Überzeugungen anderer haben keinen Einfluss auf mein Leben, dachte er, solange sie nicht auch meine Überzeugungen sind.

Sobald wir uns davon überzeugt haben, dass wir Geist sind, können wir durch Wände schweben, und der Glaube an Stürme, Krankheiten, Alter, Krieg kann uns nicht mehr verletzen. Wir können nicht mehr verschüttet, erschossen, ertränkt, zerschmettert, von Explosionen zerrissen, gefoltert, vergiftet, unter Drogen gesetzt, in Ketten gelegt, erstickt, überfahren, infiziert, gefangen, ausgepeitscht, auf dem elektrischen Stuhl hingerichtet, eingekerkert, geschlagen, erhängt, verbrannt, geköpft, verhungert, manipuliert oder aus der Bahn geworfen werden, von nichts und niemandem, von keiner Person, Behörde oder Regierung auf der Erde, in der Galaxis, dem Universum, von keinem einzigen Gesetz der Raumzeit.

Und hier ist der Nachteil: Sobald andere Geister unsere Suggestionen nicht akzeptieren, können sie unseren Spielplatz nicht benutzen. Durch ihn hindurchschweben können sie natürlich. Doch ihn nach Art der Sterblichen als Schule benutzen? Das ist nicht erlaubt.

Was Sam getan hat, was Geister tun, ist, zum Entschluss kommen, dass sie in der Raumzeit genug gelernt haben. Sie reflektieren die Werte, die sie in ihrem letzten Leben gelernt haben, und die Lektionen, die ihnen entgangen sind.

Diese Entscheidung werde ich dann treffen, wenn es für mich so weit ist, dachte der Pilot. Im Moment gibt es für mich Dinge zu lernen, die einfacher sind.

Der Höhenmesser beispielsweise ist gar nicht real, diese Suggestion-eines-Instruments, die 3800 Meter anzeigt. Der Höhenmesser ist mein Glaube an Annahmen, die sich in Gestalt einer Scheibe manifestieren, als etwas, was wie Blech und Glas aussieht, weiße Zeiger vor einem schwarzen Hintergrund. Es ist nicht, was es zu sein scheint. Es sind meine eigenen Kreatonen, so poliert, dass sie wie ein Höhenmesser aussehen.

Das Instrument ist nicht real, auch nicht das Cockpit, das Flugzeug, mein Körper, der Planet und das ganze physikalische Universum. Alles nicht real. Suggestionen. Wandernde, veränderliche Wolken aus Gedanken-Partikeln, die einer von mir selbst vorgegebenen Spur folgen – dem, was ich aufgrund meiner eigenen Entscheidung als Realität akzeptiere.

Was also ist *wirklich* real?

Dort oben, in fast vier Kilometern Höhe, lachte er über sich selbst. Bis zum gestrigen Tag war er glücklich und zufrieden damit gewesen, sich als freiberuflicher Fluglehrer durchs Leben zu schlagen. Suggestionen, Hypnose und Gedanken-Partikel, die diese Welt so solide machen, wie Stein-Partikel Felsen solide machen – solche Überlegungen waren etwas für Philosophen gewesen, die nichts Besseres zu tun hatten, als mit dem Staubwedel Elfenbeintürme zu reinigen.

Und jetzt denke ich selbst, dass ein Felsen eine Hypnose-Suggestion ist, und frage mich: Wenn der Felsen nicht real ist, was dann?

Was hast du mir angetan, Blacksmyth? Alles lief fünfzig Jahre lang für mich nett und normal. Dann setzt mir jemand die unschuldige Suggestion ins Ohr, dass die Welt nicht ist, was ich glaube, das sie wäre, und ZACK, alles ist plötzlich anders!

Weit voraus vor der Flugzeugnase sah er, dass die Wolkendecke langsam aufriss. Löcher im Wolkenmeer. Gut.

Das ist richtig, dachte er, alles verändert sich. Lebe damit.

Er nahm den Bug der T-34 herunter, sodass die Geschwindigkeit von 340 auf 390 Stundenkilometer anstieg.

Real ist das, was sich nicht verändert. Um das zu wissen, muss man kein Raumschiffkonstrukteur sein, einfacher Pilot genügt. Wenn etwas real war, es jetzt aber nicht mehr ist, dann ist es nicht mehr real, und damit bin ich wieder bei der Frage: Was ist real und bleibt bis in alle Ewigkeit real?

Er flog eine Kurve um die Spitze eines Wolkenturmes herum, sodass die Flügelspitze Nebelschwaden zerpflügte.

Etwas ist real. Gott, was immer Gott sein mag. Liebe?

Ich muss jetzt im Moment nicht herausfinden, was ewig ist. Das hebe ich mir für später auf.

Worauf kommt es jetzt in diesem Moment an? Wenn ich mich nicht im Sam-Black-Stil aus dieser Welt weghypnotisieren möchte, kann ich mich stattdessen umhypnotisieren. Ich kann wählen, in welcher Art von Trance ich leben möchte. Langfristig kann ich mich in jede Art von Himmel oder Hölle hineinsuggerieren, an die ich glauben möchte, und zwar schon hier auf Erden.

Benzinvorrat reicht noch für eine Stunde und vierzig Minuten. Die Wolkendecke ist zu lockerer Bewölkung aufgerissen, kein Problem, den Flugplatz von Marianna sicher zu erreichen. Er trimmte die Maschine so aus, dass die Nase noch steiler nach unten zeigte und die Airspeed auf 410 Stundenkilometer stieg.

Was wird das sein, fragte er sich, was für ein Leben möchte ich führen? Ist meine Zukunft eine sichere Landung am Ende dieses Fluges, ein weiterer sicherer Lufthüpfer nach Hause, und dann … Und dann was?

Daraufhin breitete sich in seinem Kopf eine lange, dauernde Stille aus.

Alles, was ich will, alles, was ich mir als schön und lebenswert vorstelle.

Was wäre das Beste, das Glücklichste?

Das habe ich doch jetzt schon weitgehend. Eine schöne Ehe, angenehme Flugschüler, tolle Flugzeuge, die ich fliegen kann, und ein gutes finanzielles Auskommen. Das ist Himmel genug für mich.

Was also hat sich nach all diesen neuen Erkenntnissen und nachdem ich nun zu wissen glaube, wie die Welt funktioniert, in mir verändert?

Er klappte sein Helmvisier hoch, schaute in den Spiegel an der Kabinenhaube und sah sein Gesicht, das nicht anders wirkte als am Morgen.

Das Wissen ist die Veränderung. Jemand verbringt sein ganzes Leben am Boden. Eines Tages geht er zu einer Flugschule und macht den Pilotenschein. Was ist anders? Wenn er in den Spiegel schaut, sieht er keinen Unterschied, aber jetzt kann er etwas, was ihm früher wie ein Wunder erschien.

So ergeht es mir auch, dachte Jamie Forbes.

19

Auf dem Flugplatz von Marianna kaufte er sich ein Sandwich und einen Becher Milch. Nachdem das Flugzeug aufgetankt und der Tankwagen weggefahren war, setzte er sich unter der Tragfläche auf den Boden und packte das Sandwich aus.

Ich weiß, wie es funktioniert. Ich kann alles ändern, was wie auch immer zu sein scheint, wann immer ich es ändern will. Was soll ich ändern? Was soll ich mir in Trance selbst suggerieren und für wahr halten, um dann zuzusehen, wie sich um mich herum die Welt verändert?

Er schlug die Flugkarte für den Bezirk Jacksonville auf, grün markierte niedrige Geländehöhen und der leere blaue Golf von Mexiko. Er zog den Stift aus der Ärmeltasche und ließ ihn über dem Blau schweben.

Wenn ich mich hypnotisieren würde, dachte er, welche Suggestionen würde ich dann gerne um mich herum verwirklicht sehen? Er schrieb in sauberen Druckbuchstaben auf die Karte:

Alles, was um mich herum geschieht, wird sich zum höchsten Wohl aller Beteiligten entfalten.

Die Leute werden zu mir so freundlich sein wie ich zu ihnen.

Fügungen werden mich mit Menschen zusammenführen, von denen ich etwas Wertvolles lernen kann und sie von mir.

Ich werde immer mit allem versorgt sein, was ich benötige, um der Mensch zu werden, der ich gerne sein möchte.

Ich werde niemals vergessen, dass ich diese Welt erschaffen habe und dass ich sie mithilfe meiner eigenen Suggestionen verändern und verbessern kann, wann immer ich wünsche.

Stets werde ich Bestätigungen dafür erhalten, dass meine Welt sich genau so verändert, wie ich es geplant habe, und die Veränderungen werden noch viel besser sein, als ich es mir vorgestellt habe.

Ich werde in klarer, unmissverständlicher Weise Antworten auf alle meine Fragen erhalten, auch auf die plötzlichen, sich unerwartet stellenden, und zwar von innen.

Aufmerksam las er, was er geschrieben hatte. Na, dachte er, das ist doch nicht schlecht für den Anfang. Wäre ich mein eigener Hypnotiseur, ich wäre angesichts dieser Suggestionen sehr zufrieden mit mir. Dann tat er etwas Seltsames. Er schloss die Augen und stellte sich vor, ein weit fortgeschrittener Geist sei dort unter dem Flugzeugflügel bei ihm.

»Ist da noch etwas«, flüsterte er, »was du gerne dieser Liste hinzufügen möchtest?«

Plötzlich war es, als erwache der Stift in seiner Hand zum Leben. Wie aus eigener Kraft begann er zu schreiben, in kühn geschwungenen Lettern, die nicht Jamies eigene waren:

Ich bin eine vollkommene Ausdrucksform des vollkommenen Lebens, hier und jetzt.

An jedem Tag lerne ich mehr über meine wahre Natur und die Macht, die mir über die Welt der Erscheinungen gegeben wurde.

Auf meiner Reise bin ich zutiefst dankbar für die liebevolle Erziehung und Führung durch mein höchstes Selbst.

Dann war es still. Während sich der Stift bewegte, hatte er das Gefühl, in der wissenschaftlichen Sammlung eines Museums dicht bei einem riesigen Van-de-Graaff-Generator zu stehen. Strom floss durch seinen Körper, seine Haare kribbelten. Als die Worte aufhörten, verschwand die Energie.

Wow, dachte er, was war denn das? Er lachte über sich. Das ist also die Antwort auf: Gibt es da noch etwas hinzuzufügen?

Unmerklich, denn es kam tief aus seinem Unterbewusstsein, erfolgte die Reaktion:

Antworten existieren bereits, ehe du eine Frage stellst. Wenn Langsamkeit notwendig ist, solltest du das in deiner Bitte klar zum Ausdruck bringen.

Er kam unter der Tragfläche hervor und streckte sich. Die Welt schien ihm nicht mehr dieselbe zu sein wie ein paar Minuten zuvor. Er begriff nicht, welche Bedeutung das seltsame Wort *Erziehung* hatte, und vergaß, sich bei demjenigen zu bedanken, der ihm den Stift geführt hatte, wer immer das gewesen sein mochte.

20

Von Marianna aus flog er weiter nach Süden. Die Nachmittagsgewitter entluden sich jetzt mit blitzender Gewalt. Auf dem Bildschirm des GPS wurden Wolkenobergrenzen angezeigt, die bis auf fast 13000 Meter hinaufreichten.

Entlang seines geplanten Kurses blinkte ein ganzer Pool von dunkelroten Warnsignalen.

Für eine Weile vergaß Jamie Forbes das Thema Suggestionen völlig. Hypnotisiert oder nicht, wer mit einem kleinen Flugzeug unterwegs ist, sollte einen sicheren Bogen um alle Gewitter machen. Diese Monster forderten seine volle Aufmerksamkeit.

Er konnte nicht hoch genug steigen, um die Wolken zu überfliegen. Daher wählte er eine Flughöhe von dreihundert Metern und steuerte seine Maschine mit hoher Geschwindigkeit zwischen dunklen Regensäulen hindurch.

Schwere Tropfen klatschten auf das Flugzeug, hämmerten dann regelrecht auf es ein. Flächen und Frontscheibe wurden abgesprüht wie mit einem Dampfstrahler, ehe Jamie wieder klare Luft erreichte.

Heute kein Blindflug nach Instrumenten, dachte er. Das ist ein feines kleines GPS, aber wenn du in Gewitternähe nach Instrumenten fliegst und der Bildschirm sich ausgerechnet diesen Moment aussucht, um schwarz zu werden … da kommt keine Freude auf.

Warum fallen Flugzeuginstrumente fast nie bei schönem Wetter aus, wenn man sie nicht braucht? Zwar fallen sie nicht zwangsläufig aus, wenn das Wetter grässlich ist, aber es passiert doch häufig genug, dass man immer darauf gefasst sein sollte.

Und seine Alternativen für einen solchen Fall sahen nicht rosig aus. Er flog über ausgedehnte Kiefernwälder, sodass es keine Notlandeplätze gab, und der Rückweg nach Marianna war durch düstere Wolkenvorhänge versperrt, aus denen es

Bindfäden regnete. An manchen Stellen gab es Sichten von nur eineinhalb Kilometern – da war der Sichtflug zwar noch legal, aber mit einem schnellen Flugzeug wie der T-34 nicht mehr sicher genug.

Er hob die Karte vom Boden auf und ermittelte seine Position. Der nächste Flugplatz lag im Südwesten, knapp zehn Kilometer entfernt. Als er in diese Richtung schaute, sah er, dass über dem Flugplatz gerade ein schweres Unwetter niederging.

Als junger Pilot hatte er einmal versucht, mitten in einem Gewitter zu landen, und beschlossen: nie wieder.

Der zweitnächste Flugplatz ist Cross City, 24 Kilometer im Südosten, aufgebrochene bis geschlossene Bewölkung, von Westen heranziehendes Gewitter. Er schwenkte in Richtung Cross City ab. Aus seinem geraden Kurs war ein Zickzack-Hüpfen zwischen Flugplätzen geworden, ein Frosch auf Seerosenblättern.

Seine Planung sah vor, dass er, wenn alle Flugplätze vor ihm wegen Gewitter unanfliegbar wurden, auf dem letzten noch offenen landen und am Boden abwarten würde, bis das schlechte Wetter abzog. Genau diese Situation war jetzt da.

Fünfzehn Kilometer vor Cross City sah er das Gewitter, ungefähr so schwarz wie die Mitternacht. *Wenn du dich beeilst, schaffst du es noch.*

Er gab Vollschub, senkte die Nase der T-34, und das kleine Flugzeug machte geradezu einen Satz vorwärts. Die Airspeed stieg von 260 auf 350 Stundenkilometer.

Laut sagte er: »Ich finde, mein höchstes Selbst könnte etwas mehr auf meine Sicherheit achten.«

Achtzig Sekunden später sah er die Pisten von Cross City. Von Westen donnerte eine Wasserwand heran wie eine dreihundert Meter hohe Flutwelle. Blitze zuckten in der Dunkelheit darunter.

»Cross City Traffic, Beech Drei Vier Charlie eine Meile Nordost, erbitte Freigabe für ein Three-sixty Overhead Piste Zwei Eins, Cross City Traffic.«

Freigabe? Als ob sich jetzt noch andere Maschinen in der Nähe aufhalten! Wer sich Sekunden vor einem hereinbrechenden Gewitter in der Platzrunde befindet, muss verrückt sein.

Oh je, dachte er, *dieser Verrückte bin ich!*

Mit 370 Stundenkilometern jagte die T-34 auf die Piste zu. Gas wegnehmen, Nase hoch und Eindrehen in den Gegenanflug. Durch das Steigen Geschwindigkeit abbauen, Fahrwerkshebel herunter, Landeklappen, Nase wieder senken, Steilkurve in den Endanflug. Der Anfang der Piste wirbelte ihm sanft entgegen, bereits grau vom Regen. Sekunden nachdem die Kontrollleuchte das fertig ausgefahrene Fahrwerk anzeigte, berührten die Reifen spritzend den nassen Asphalt.

Ein paar Augenblicke später, während Jamie Forbes zum Vorfeld rollte, wurde er zum Goldfisch in einer riesigen Pfütze. Sturzbäche prasselten so heftig auf die Kabinenhaube nieder, dass er das Motorgeräusch nicht mehr hören konnte, obwohl der Propeller sich noch drehte. Und weiter konnte er nicht schauen.

Er bremste und stoppte auf dem Taxiway. Mitten in dieser tosenden Sintflut faltete er sorgfältig seine Karte zusammen. Irgendwo in der Nähe schlug ein Blitz ein. Der Donner ließ das ganze Flugzeug erzittern.

Entlang des Kartenfalzes stand in kühn geschwungenen Lettern:

Auf meiner Reise bin ich zutiefst dankbar für die liebevolle Erziehung und Führung durch mein höchstes Selbst.

Das erste Wort, das ihm inmitten des Gewittersturms ins Auge sprang, lautete *Erziehung*.

21

Dank eines Kongresses der Pferdezüchter waren alle Hotels in Cross City ausgebucht. Alle Hotelangestellten waren höflich *(Die Leute werden zu mir so freundlich sein wie ich zu ihnen)*, doch bis Montag war nichts frei.

Kein Zimmer, keine Suite, keine Besenkammer, keine Hundehütte.

Er beschloss, seine Überlebensdecke unter dem Flügel auszurollen, für eine regenfreie Nacht zu beten und am nächsten Morgen seinen Flug nach Süden fortzusetzen.

Sein Gebet wollte sich nicht so recht materialisieren, dafür aber die Moskitos. Schon bald nach Einbruch der Dunkelheit hatten sie ihn mit ihrem Gesumme davon überzeugt, dass es keine gute Idee war, unter dem Flügel im Freien zu übernachten. Er flüchtete ins Cockpit und streckte sich so weit wie möglich aus, indem er sich in die linke Ecke der Rücklehne presste und beide Füße in die Mulde des rechten Ruderpedals zwängte.

Er versüßte sich die Zeit, indem er wieder einmal das Pilotenhandbuch der T-34 las, mit der Taschenlampe, 214 faszinierende Seiten Text und Fotos. Er schaffte es bis auf Seite 33, dann waren die Batterien leer, und das Licht erlosch.

Allein, im engen Cockpit eingepfercht, Hitze, Nässe, Dunkelheit. Noch zehn Stunden bis zum Morgen. Das habe ich nun von dieser Suggestion, dass ich angeblich die Welt um mich herum verändern könnte!

Eine Stimme in ihm sagte: Du hast dir nicht suggeriert, jede Nacht in einem bequemen Bett zu schlafen. Du hast dir eine andere Welt suggeriert, eine Welt, die du dir als wahr vorstellst. Diese Welt hast du. Wenn du dir ein Leben ohne Herausforderungen wünschst, hättest du das deutlich sagen sollen. Wenn du es immer schön bequem und behaglich haben möchtest, hättest du das deiner Liste hinzufügen sollen.

Er zog in Erwägung, nach den Ersatzbatterien für die Taschenlampe zu suchen und die Liste seiner Suggestionen um den Punkt »Ich werde ein angenehmes Leben ohne Unbequemlichkeit führen« zu ergänzen. Während er dort schwitzend in der stickigen Enge des Cockpits saß, musste er bei der Vorstellung, die Liste seiner autohypnotischen Suggestionen zu ändern, lächeln.

Ich werde immer reichlich zu essen und zu trinken haben und, ehe ich es vergesse, ich werde jeden Morgen lange schlafen, nie den Müll hinuntertragen und nie Rechnungen bezahlen müssen.

Hätte in der Nähe noch jemand kampiert, hätte dieser Jemand den Piloten laut lachen hören können.

22

Er erinnerte sich nur ungefähr an den Traum. In der letzten Stunde vor Sonnenaufgang war der Pilot eingeschlafen. Er befand sich wieder in der Schule oder jedenfalls an einem Ort mit lauter leeren Tafeln.

Tausende Wörter hatten auf diesen Tafeln gestanden, doch alle waren weggewischt worden, sodass nur blasse Kreidespuren übrig blieben. Dann sah er, unmittelbar vor dem Aufwachen, eine Tafel, auf der nur ein einziges Wort stand, nicht mit Kreide geschrieben, sondern in Stein gemeißelt:

Leben

Er sah es für Sekundenbruchteile. Dann wirbelten die Tafeln davon, und er wachte auf. Im Osten färbte erstes Licht den klaren dunklen Himmel.

Jamie Forbes war ein Mann, der sich nicht an Träume erinnerte. Er packte das letzte Bruchstück und versuchte, es festzuhalten, ehe es sich in der Morgendämmerung auflöste.

Ich werde mich an jeden Traum erinnern, der wichtig für mich ist.

Der Traum ist meine Antwort, dachte er. Endlich!

Da er nun die Antwort in Händen hielt, begann er nach der Frage zu suchen. Leben, dachte er, Leben-Leben-Leben. Soll ich es aufschreiben? Das schien albern, aber die Karte lag auf der rechten Schalterkonsole. Er zog den Stift aus dem Ärmel und schrieb: Leben.

Es schien so wichtig, sich daran zu erinnern. Doch Minute für Minute wirkte es unsinniger. Leben. Okay. Sekunden tickten dahin. »Okay« wurde zu »Und was jetzt?« zu »Na und?« Leben. Nettes Wort, aber etwas mehr Zusammenhang wäre nicht schlecht.

Er kletterte aus dem Cockpit in die kühle, jetzt moskitofreie Luft, ein Brezel, der fest entschlossen war, wieder zum Baguette zu werden. Der Sprung vom Flügel auf dem Boden war sechzig Zentimeter tief, fühlte sich aber wie ein Meter zwanzig an.

Uff, was für eine Nacht. Ich bin steif, steif, steif!

Dort im Sonnenaufgang, ehe er die Ketten als wahr akzeptierte …: Nein! Das werde ich NICHT wiederholen! Ich weise diese dumpfe Suggestion zurück. Ich werde mir nicht suggerieren, dass ich krank, eingeschränkt oder unglücklich bin. Ich bin nicht steif, steif, steif, ich bin das genaue Gegenteil. Ich bin eine vollkommene Ausdrucksform des vollkommenen Lebens, hier und jetzt. Ich bin heute Morgen geschmeidig wie eine Schlange. Ich fühle keinen Schmerz, kein Unbehagen. Ich bin vollkommen gesund, voller Energie, hellwach, konzentriert, ausgeruht und in idealer fliegerischer Verfassung!

Auf einer Ebene wusste er, dass er seinen Enthypnotisierungstrick anwendete, auf einer anderen fragte er sich, ob das funktionieren würde.

Zu seinem Erstaunen funktionierte es tatsächlich. Die Steifigkeit verschwand, war schon nach der ersten Hälfte der ersten Sekunde weg, als er die Suggestion verscheuchte, statt diesen blutsaugenden Vampir mit offenen Armen zu empfangen.

Er machte versuchsweise einige Schritte, als wäre er vollkommen un-steif, und wie nach einer biblischen Wunderheilung konnte er mühelos, entspannt und völlig normal laufen.

Applaus von einer inneren Zuschauertribüne. Es war eine reflexartig erfolgte Wunder-Demonstration: nahezu augenblickliches Zurückweisen einer negativen Suggestion, Bejahen der wahren Natur, worauf die negative Suggestion sich in Vergessenheit auflöste und seine volle Gehfähigkeit in Sekundenschnelle wiederhergestellt wurde.

Diese Welt ist wirklich nicht, was sie zu sein scheint, dachte er, während er über den in der Morgendämmerung daliegenden Taxiway joggte, um seinen Sieg auszukosten. Um Suggestionen handelt es sich so oder so, warum also nicht die wohltuenden für wahr halten statt die unerfreulichen? Kann das denn falsch sein?

Ich werde es so betrachten: Ich programmiere mich selbst um. Jedes Mal tausche ich die negativen Energien gegen positive aus und schaue, was dann geschieht. Gott weiß, dass ich in diesem Leben die Abwärts-Suggestionen lange genug für bare Münze genommen habe. Jetzt ist es Zeit, dass ich mich aufs Aufwärts konzentriere.

Fühlt sich seltsam an, dass eine so simple Sache … Er unterbrach sich sofort. Fühlt sich überhaupt nicht seltsam an! Fühlt sich natürlich und normal an, fühlt sich richtig an!

Er lächelte. Nun bleib auf dem Teppich … Nein! Ich will gar nicht auf dem alten Teppich bleiben, sondern mich umprogrammieren. Das funktioniert! Ab jetzt lasse ich nur noch Positives, Lebensbejahendes über meine Schwelle!

Ich nehme mir das Recht, jede Form von negativer Suggestion zurückzuweisen.

Na los, ihr Mächte der Finsternis, rief dieser resolute neue Optimist in ihm, welche Herausforderung habt ihr als Nächstes für mich? Her damit! Ihr schafft mich ja doch nicht!

Jamie Forbes lachte über diesen geistigen Kampf in seinem Inneren. Er setzte sein ganzes Geld auf den Neuen, den Optimisten.

Danke, sagte er in Gedanken zu seinem inneren Lehrer. Von jetzt an wird sich in meinem Leben eine Menge ändern!

23

Nach den Gewittern war der Himmel jetzt weit offen, der ganze Südosten ernsthaft klar, wie die Piloten sagen. Erwarte kleine Kumulus-Wattebäusche gegen Mittag, sagte sich Jamie Forbes während der Vorflugkontrolle.

Am Nachmittag werden aus diesen dann neue Gewitterwolken entstehen.

Als die Sonne den östlichen Horizont erleuchtete, befand sich die T-34 bereits im Steigflug Richtung Süden. Die Luft war kühl und glatt wie Eiscreme. Er visualisierte seine Landung daheim, ein perfekter Touchdown, sah sich zum Hangar rollen.

Als die Reiseflughöhe von tausend Metern erreicht war, wurde ein schelmischer Teil seines Geistes zum Advokaten des Teufels, den Jamie sofort auf die Bühne holte.

Die Landung könnte aber auch alles andere als perfekt werden. Etwas könnte schiefgehen. Der Motor könnte stehen bleiben. Vollständiger Elektrikausfall. Das Fahrwerk könnte halb ausgefahren blockieren.

Er wartete darauf, dass sein innerer Optimist diese düsteren Gedanken attackieren würde. Nichts geschah.

Die Ölleitung könnte platzen.

Ja, das könnte sie.

Willst du denn nicht sagen: Unmöglich, Negatives wird nicht erlaubt?

Was ist negativ an einem Motorausfall? Zu den Dingen, die du an der Fliegerei magst, gehört das Unerwartete. Das Platzen einer Ölleitung ist ein Ereignis, ein Test. Nicht negativer als ein Rechtschreibtest.

Natürlich. Du hast recht.

Du möchtest wissen, was Negativität ist, Jamie? Hier ist das Negative:

»Ich bin krank.«

»Ich bin gefangen.«

»Ich bin dumm.«

»Ich fürchte mich.«

»Ich bin getrennt von meinem höchsten Selbst.«

Negativ ist nicht die Prüfung, negativ ist, was du bekommst, wenn du sie nicht bestehst.

Und warum dann überhaupt Prüfungen, erwiderte der Pilot, warum kann ich meine Erscheinungswelt nicht so hypnotisieren, dass beim Fliegen niemals Probleme auftreten?

Willst du wissen, warum?

Ja!

Weil du es liebst, Tests und Herausforderungen zu bestehen. Du liebst es, dich selbst zu beweisen.

Der Pilot dachte darüber nach. Nicht nur fliegerische Herausforderungen.

Nicht nur fliegerische. Alle Herausforderungen.

Warum bist du so zuversichtlich, wenn ich es nicht bin?

Weil du gerade eine Suggestion akzeptiert hast, nicht zuversichtlich zu sein. Ich sage dir, warum. Ich bin zuversichtlich, weil ich mich nicht frage, ob das, was ich um mich herum sehe, meine eigenen Glaubenssätze sind. Ich weiß, dass es so ist. Ich weiß, dass ich es aus wichtigen Gründen ins Dasein rufe. Mit deiner Erlaubnis werde ich das Zuversichtlichkeitskästchen für dich ankreuzen, bis du dich wohl genug fühlst, das selbst zu tun.

Danke, aber …

Aber was? Du willst doch wohl keine negative Suggestion formulieren?

Der Pilot war nicht für Langsamkeit im Denken bekannt. Er ließ »… ich werde es niemals schaffen, ständig positiv zu bleiben« fallen wie einen heißen Truthahn.

Danke, aber … ich brauche deine Hilfe nicht.

Er spürte, dass dies sein höheres Selbst amüsierte.

Gut. Lass mich wissen, falls du sie doch einmal brauchen solltest. Bis denn!

Jetzt fühlte er sich ein bisschen einsam ohne seinen neuen Freund.

»Ich fühle mich nicht einsam!«, sagte er laut. Und mein neuer Freund ist nicht verschwunden. Ich kann ihn jederzeit kontaktieren. So einen guten Draht nach oben zu haben ist ein tolles Gefühl.

Die Zuversicht, die er zunächst nur vortäuschte, wurde zu einer Zuversicht, die er tatsächlich empfand. Das war nun schon die zweite Spontanheilung an diesem Tag! Mit Jamie Forbes war eine Veränderung vorgegangen. All dieses Gerede über die Hypnose durch die Kultur, in der man aufwächst, war kein leeres Spiel mit Worten. Je intensiver er diese Idee erforschte, desto mehr erkannte er, dass sie der Wahrheit entsprach.

Ich werde in klarer, unmissverständlicher Weise Antworten auf alle meine Fragen erhalten, auch auf die plötzlichen, sich unerwartet stellenden, und zwar von innen.

In 1400 Metern Höhe durchstieß das Flugzeug die zarte Dunstschicht, in die Popcorn-Wolken eingerührt waren, die von einer Zukunft als Gewitterriesen träumten. Auf diese zarte weiße Decke aus Dunst fiel für einen Augenblick der Schatten der T-34, umgeben von einem Halo aus Technicolor-Regenbogenfarben.

Wundervoll. Als Pilot wurden einem immer wieder solche Ausblicke geschenkt, Schnappschüsse, die man niemals vergaß. Was für ein Leben!

Ihm fiel das Wort auf der Tafel ein, das Wort aus seinem Traum. Warum hatte dort nur *Leben* gestanden, warum waren alle anderen Wörter weggewischt worden?

Müssen wir dir das wirklich erklären?

Hallo, da seid ihr ja wieder.

Du wolltest wissen, was wirklich real ist, erinnerst du dich?

Ja, weil ich das Gefühl hatte, dass alles nur Suggestion und Schein ist. Ich wollte wissen, was wirklich existiert. Oh. Leben? Das *Leben* ist real?

Flughöhe 1700 Meter. Der Gedankenform-Hebel der Propellerverstellung wurde auf »Decrease« gestellt. Dadurch sank, laut dem nur in der Imagination existierenden Tachometer, die imaginierte Propellerdrehzahl von 2700 auf 2400 Umdrehungen pro Minute.

Meinem Gesichts-, Hör- und Tastsinn kann ich nicht trauen. Sie können mir nicht sagen, was real ist, denn sie alle sind Teil meiner Trance.

Doch ich weiß, dass ich lebe. Das ist real. Ich bin.

Warst immer, kam das Flüstern. *Und wirst immer sein.*

Bei all der vorgetäuschten Realität dieser Jetzt-siehst-du-es-jetzt-wieder-nicht-Raumzeit, dachte er, bei all ihren Suggestionen und Irreführungen, Annahmen und Glaubenssätzen, den Theorien und Gesetzen, die vorgeben, wir seien jemand, der wir gar nicht sind, nämlich Zweibeiner auf der auskühlenden Oberfläche eines kugelförmigen geschmolzenen Steins, eines von einem Dutzend Planeten, die Ewigkeitsspiralen um eine ständige Atomexplosion in einer Feuerrad-Galaxis in einem Feuerwerks-Universum ziehen – hinter unserer Maske wohnt das *Leben*, das nie-geborene-nie-sterbende Prinzip, und mein wahres Ich gehört nicht zu den sterbenden Feuern, sondern zu diesem *Es*, dem Leben.

Wir hier auf unserem herbeigeglaubten Zuhause; uralte Aliens in ihrem Glauben an interstellare Zivilisationen; Geistwesen in herbeigeglaubten jenseitigen Sphären und erträumten anderen Dimensionen. In unserem Inneren spielen wir alle mit Symbolen, jede und jeder von uns ist ein Lichtfunke des unsterblich Realen.

Er kniff die Augen zusammen. Was denke ich da bloß? Woher weiß ich das alles?

Weil du Flugzeuge fliegst, Jamie …

Na, also wirklich! Das kann doch nicht …

… und weil dieses Wissen, wie bei allen anderen Menschen auch, bereits in dir wohnt. Du hast es immer schon gewusst. Nur dass du dich jetzt dafür entschieden hast, dich zu erinnern.

Macht euch das Spaß?

Welten zu erschaffen? Ja, es gut zu machen ist ein großes Vergnügen. Wie du … wie wir alle herausfinden, wenn uns klar wird, dass wir Welten erschaffen, und zwar mit jeder Suggestion, jedem inneren Bild, jeder Aussage oder Affirmation …

Auch ich werde das also herausfinden?

Es gibt kein Zurück, es sei denn, du liebst die Langeweile.

Der Pilot hatte sein ganzes Leben darauf gewartet, diese Lektion zu lernen. Und nun balancierte er sozusagen auf dem Rand dieser Erkenntnis.

Damit keine Missverständnisse aufkommen, dachte er, sagt mir, ob ich auf dem richtigen Weg bin. Wir schweben irgendwo herum, wir imaginieren eine Geschichte, die zu erleben uns Spaß machen würde …

Wir schweben nicht irgendwo herum, wie du es nennst. Woher hast du denn das?

… wir imaginieren unsere Geschichten und machen uns kraft unserer Imagination zu Spielern, die dann die Hauptrollen in diesen Geschichten übernehmen.

Wir brauchen gar nicht in einer Geschichte mitzuspielen, sagte sein anderes Selbst. Aber … okay, einstweilen lassen wir das so stehen. Sprich weiter.

Wir erschaffen uns selbst aus Fantasien, Suggestionen und Ideen. Dann lassen wir uns in eine Umwelt hineinziehen, in der viele Leute sich in der Trance befinden, in die wir uns auch gerne versetzen wollen.

Ich werde mich daran erinnern, dass ich diese Welt erschaffen habe und dass ich sie durch meine eigenen Suggestionen verändern und verbessern kann, wann immer ich das wünsche.

Wir können unserer eigenen Geschichte jederzeit eine neue Richtung geben, aber unser Glaube an die Raumzeit ist unser Meer, unsere Bühne, und sobald wir vergessen, dass wir sie verändern können, leben wir in einer unkreativen Trance statt in einer kreativen.

»Kreative Trance.« Das ist wirklich schön ausgedrückt.

Wir *haben* keinen Körper, wir imaginieren ihn unaufhörlich. Wir werden, was wir uns selbst ständig suggerieren: krank oder gesund, glücklich oder hoffnungslos, gedankenlos oder brillant.

Er hielt inne und wartete auf Feedback. Hallo?

Ich höre zu. Fahre fort.

Viel mehr habe ich nicht zu sagen. Das ist mein momentaner Stand der Erkenntnis.

Stimmt nicht. Du bist schon viel weiter. Aber du glaubst, nicht mehr zu wissen, und das ist in Ordnung so. Verstehe ich dich richtig, mein lieber Sterblicher? Du hast jetzt erkannt, dass du diese blau gefiederten Flügel hast! Sie waren immer schon in dir, und du hast deinen Traum vom Fliegen gelebt. Du stehst über einer tausend Meter hohen Klippe, du beugst dich jetzt vor, breitest voller Vertrauen die Flügel aus. Jetzt verlierst du das Gleichgewicht auf dem festen Boden. Glaubst du, du wirst es in der Luft wiederfinden?

Ja! In der Luft finde ich mein Gleichgewicht!

Schön.

Das war das letzte Wort, das Jamie Forbes für längere Zeit von seinem höheren Selbst hörte. Er verbrachte diese Zeit damit, dem zuzuhören, was er gerade selbst, mit eigenen Worten, gesagt hatte.

24

Als am Nachmittag der erste Regentropfen des ersten Gewitters den Boden berührte, war die T-34 längst gelandet, aufgetankt und stand sicher im Hangar.

Der Pilot fuhr durch den Regen nach Hause, ließ das Fliegen erst einmal Fliegen sein und freute sich genießerisch auf die Zeit mit Catherine, endlich.

Es gab so viel, was er ihr erzählen wollte, so viel, wozu er gerne ihre Meinung hören wollte.

Er nahm sich den nächsten Tag Zeit, um sich daran zu erinnern, was auf dieser Reise geschehen war, erlebte die Flüge noch einmal nach, das Zuhören und die Ideen, und notierte sich so viel er konnte, Wort für Wort. Es ergab siebzig handgeschriebene Seiten.

Seine Flugschüler warteten, geduldig wie Kondore.

»Was würden Sie tun«, fragte er beim nächsten Übungsflug in der kleinen Cessna seinen Schüler Claudio Castelli, »wenn das Seitenruder sich verklemmt?«

»Mit den Querrudern steuern.«

»Zeigen Sie's mir.«

Dann: »Was würden Sie tun, wenn die Querruder verklemmt sind?«

»Also, es sind Seitenruder und Querruder blockiert, Sir, oder nur die Querruder?«

»Beide blockiert, Ruderpedale und Querruder, sodass Sie sie nicht mehr benutzen können.«

Langes Schweigen. »Das kommt doch nie vor.«

»Mir ist es aber schon passiert«, sagte der Fluglehrer. »Eine Werkzeugbox rutschte unter die Ruderpedale, und der Ärmel von der Jacke eines kleinen Mädchens verfing sich in der Rolle eines Querruderkabels. So lernte ich, was Sie jetzt lernen werden.«

»Aber was kann ich tun?«

»Die Türen, Claudio. Öffnen Sie die Tür und schauen Sie, was passiert.«

Der Flugschüler entriegelte die Tür und presste sie gegen die Strömung des Fahrtwindes.

»Mann! Das Flugzeug dreht zur Seite!«

»Allerdings. Ich hätte gerne einen Neunzig-Grad-Schwenk nach links, dann einen nach rechts. Nur mit den Türen.«

Kurz vor dem Ende der Flugstunde hatte die Frage größere Ausmaße angenommen: »Was würden Sie tun, wenn Seitenruder, Querruder und Höhenruder blockiert sind, das Trimmkabel gebrochen ist, alle Instrumente und Funkgeräte ausgefallen sind und der Gashebel auf voller Startleistung feststeckt?«

»Ich … ich würde die Türen benutzen, und mit dem Gemischhebel würde ich den Motor ein- und ausschalten …«

»Zeigen Sie mir das.«

Diese Kapitel der Ausbildung waren harte Arbeit für seine Schüler, aber statt es mit der Angst zu tun zu bekommen, flogen sie anschließend mit gesteigertem Selbstvertrauen. Und so kamen sie immer wieder gerne für weitere Fortgeschrittenen-Flugstunden zu ihm zurück.

In sechshundert Metern Höhe stellte er den Gashebel auf Leerlauf. »Miss Cavett, da ist doch tatsächlich dieser Motor schon wieder ausgefallen! Wo werden Sie landen?«

Die Schülerin entspannte sich vor der fünften Notlandeübung dieses Fluges. Alles Routine: Der Fluglehrer zieht den Gashebel heraus, die Schülerin findet ein geeignetes Notlandefeld und macht einen Landeanflug wie zu einer richtigen Piste. Wenn der Lehrer sieht, dass sie eine sichere Landung schaffen würde, schiebt er das Gas herein und das Flugzeug steigt wieder in sichere Höhe.

Aber diesmal war es anders. »Dort wollen Sie landen?«

»Ja, Sir«, sagte sie. »Auf dem braunen Feld neben dieser unbefestigten Straße.«

»Sie wollen bei Seitenwind quer zu den Ackerfurchen landen?«

»Nein. In den Wind, parallel zu den Furchen.«

»Sind Sie sicher, dass Sie das schaffen?«

»Ja, Sir. Ich schaffe es. Es ist einfach.«

Jamie Forbes zog den Gemischhebel ganz heraus auf CUT-OFF. Die Drehzahl fiel vom Leerlauf auf null, der Propeller kam zitternd zum Stehen, sanfte, rauschende Stille des Windes, das Flugzeug war zum Gleiter geworden.

»Entschuldigung, Sir, haben Sie gerade …?«

»Ja. Ich will die beste Abschlusslandung sehen, die Sie je gemacht haben, Miss Cavett. Auf Ihrem Feld da unten.«

Jamie Forbes hatte bislang gedacht, seine Spezialität sei ein Flugunterricht, den Piloten vor ihrer ersten fliegerischen Notsituation anderswo nicht bekommen können. Jetzt wusste er, dass es noch etwas anderes war.

Ich unterrichte nicht, erkannte er. Ich mache nur Vorschläge, und die Schüler unterrichten sich selbst.

Ich biete Ideen an.

Warum nicht versuchen, mit den Türen zu steuern? Warum nicht nach Gefühl fliegen statt nach Instrumenten? Warum keine Abschlusslandung da vorne in dem Stoppelfeld, um anschließend vor Freude zwischen den Ackerfurchen auf und ab zu hüpfen, weil man sich selbst bewiesen hat, dass ein Acker oder eine Wiese genauso gut wie eine Betonpiste sein kann, wenn man landen muss?

Wer hatte das gesagt: »Sie sind kein Fluglehrer, Sie sind ein Hypnotiseur!« Maria! Für Sekundenbruchteile war er wieder in der Luft über Wyoming.

Ich werde sterben, und er fragt mich nach Kinderspielen? Warum muss mein einziger Retter ausgerechnet ein Irrer sein?

Maria Ochoa war es, die eine glückliche Fügung nutzte, um ihr Leben zu retten und meines zu berühren, indem sie mir zeigte, wie die Welt der Raumzeit funktioniert. Maria zu hypnotisieren war keine zwanzig Minuten dauernde Hilfe, die ich ihr leistete, es war ein Geschenk, das sie mir machte und das mich für immer veränderte.

Liebe Maria, dachte er, wo immer du jetzt gerade sein magst, ich werde deine Gabe an andere weitergeben.

Ab und zu bekam er einen Brief, Anruf oder eine E-Mail von einem Flugschüler: »Dann streikte der Motor, also, er explodierte regelrecht, und ich schloss den Benzinhahn, zog den Gemischhebel ganz heraus, stellte den Propeller auf kleinste Steigung, und da hörte ich Ihre Stimme neben mir: *Ich will die beste Abschlusslandung sehen, die Sie je gemacht haben, Mister Blaine. Sie landen jetzt da unten auf Ihrer Kuhweide.* Die ganze Windschutzscheibe war voller Öl, Mister Forbes, aber ich trat ins Ruder und slippte ab dem Eindrehen in den Endanflug, sodass ich bis zum Abfangen durch das Ausstellfenster sehen konnte. Und, was soll ich sagen? Kein Kratzer an Mensch und Maschine! Die sanfteste Landung, die ich je gemacht habe! Und das verdanke ich Ihnen!«

Diese Briefe bewahrte er auf.

Auf meiner Reise bin ich zutiefst dankbar für die liebevolle Erziehung und Führung durch mein höchstes Selbst.

✈

Es war ein grauer Morgen mit dichtem Nebel und Nullsicht. Er saß an seinem Computer und schrieb gerade einen Scheck für die Hangarmiete *(Ich werde immer mit allem versorgt sein, was ich benötige, um der Mensch zu werden, der ich gerne sein möchte)*, als das Telefon klingelte.

»Hallo«, sagte er.

Eine weibliche Stimme, ein bisschen nervös. »Ich ... ich möchte Jamie Forbes sprechen.«

»Und Sie haben ihn gefunden.«

»Sind Sie der Fluglehrer?«

»Ich bin ein Fluglehrer. Ich mache aber keine Reklame. Sie haben eine Nummer gewählt, die nicht im Telefonbuch steht.«

»Ich möchte fliegen lernen. Können Sie es mir beibringen?«

»Bedaure, Ma'am, diese Art Fluglehrer bin ich nicht. Woher haben Sie meine Nummer?«

»Sie stand auf dem Rückenumschlag einer Fliegerzeitschrift. Jemand hat dort mit einem Stifft Ihren Namen und die Nummer notiert und daneben geschrieben: ›Guter Fluglehrer‹.«

»Schön, das zu hören. Aber ich unterrichte die Dinge, die Sie wissen möchten, wenn Sie Ihren Flugschein bereits gemacht haben. Wasserfluglizenz, Spornradeinweisung, Flugtraining für Fortgeschrittene. Es gibt eine Menge Flugschulen, wo Sie Ihre Grundausbildung machen können. Wenn Sie dann später ein Zusatztraining möchten, rufen Sie mich an und wir reden darüber.«

»Legen Sie nicht auf!«

»Ich hatte vor, abzuwarten«, sagte er, »bis Sie sich verabschieden.«

»Ich bin eine gute Schülerin. Ich besitze Vorkenntnisse.«

»Das ist etwas anderes. Was ist ein Sideslip?«

»Das ist ein Flugmanöver, das anfangs … seltsam erscheint«, antwortete sie, froh über diesen Test. »Man rollt das Flugzeug mit dem Querruder auf eine Seite, lässt also eine Tragfläche hängen, und steuert mit dem Seitenruder in die entgegengesetzte Richtung. Ein Sideslip verhindert, dass die Maschine bei der Landung vom Wind abgetrieben wird. Es ist die einzige Möglichkeit, bei einem Seitenwind geradeaus zu fliegen, der einen normalerweise von der Piste abkommen lassen würde.«

»Schöne Definition.« Er hatte die Lehrbuch-Antwort erwartet: *Eine Methode, ohne Fahrtzunahme Höhe abzubauen*, was nur teilweise richtig war.

»Ich wollte immer schon fliegen lernen. So wie meine Mutter. Wir hatten vor, zusammen den Flugschein zu machen, aber leider ist sie gestorben, bevor … bevor wir das in die Tat umsetzen konnten.«

Das hätte den beiden sicher viel Freude gemacht, dachte er, gemeinsam fliegen zu lernen. »Tut mir leid, das zu hören.«

»Ich habe letzte Nacht mit meiner Mutter geredet … im Traum, natürlich. Sie sagte, ich könnte für uns beide lernen, sie würde mit mir mitfliegen. Und dann habe ich heute Morgen im Supermarkt in einem Einkaufswagen diese Zeitschrift mit Ihrer Telefonnummer gefunden. Es ist, als ob … bilden Sie denn nicht wenigstens *manchmal* auch Fluganfänger aus? Eine Ausnahme? Nach gründlicher Prüfung meiner Vorkenntnisse?

Immerhin werde ich für zwei lernen und mich deshalb ganz besonders anstrengen!«

Da musste er lächeln. Warum nicht wirklich mal eine Ausnahme machen? Die richtige Einstellung hatte sie, das stand fest. *Entscheidungskraft, um die eigenen Wünsche Wirklichkeit werden zu lassen.*

Sie redeten ein paar Augenblicke miteinander und vereinbarten dann einen Termin, bei dem er ihre Eignung prüfen wollte.

»Mom hat gesagt, man soll seinen Fluglehrer nach der Haarfarbe auswählen«, erzählte sie, nun entspannt und glücklich. »Ich weiß, das ist albern, aber Sie haben doch graue Haare, nicht wahr?«

»In aller Bescheidenheit«, sagte er, »ja, das habe ich. Und übrigens, wie ist denn gleich Ihr Name?«

»Oh, Entschuldigung«, sagte sie, »vor lauter Aufregung habe ich ganz vergessen, mich vorzustellen. Ich bin Jennifer Black O'Hara. Meine Freunde nennen mich Jennifee.«

Nachdem sie aufgelegt hatte, musste er erst einmal einen Moment den Schock verdauen, ehe er ihren Namen mit zittrigen Buchstaben in seinen Flugterminplaner schreiben konnte.

Fügungen werden mich mit Menschen zusammenführen, von denen ich etwas Wertvolles lernen kann und sie von mir.

Er hatte es ihr gegenüber nicht erwähnt, hielt es aber für sehr wahrscheinlich, dass die Tochter des Hypnotiseurs das Eignungsgespräch zu Jamies Zufriedenheit bestehen und bei ihm den Flugschein machen würde. Dass sie es zusammen schaffen würden – Jennifee und ihre Mutter, beide.